RAQUEL

ISABEL-CLARA SIMÓ

Raquel

Título original: RAQUEL
© ISABEL-CLARA SIMÓ, 1991

Traducido del catalán por SILVIA SENZ
© de esta edición: Alba Editorial, S.L., 1994 - Camps i Fabrés,
3-11, 4.º, 08006 Barcelona
Primera edición: marzo 1994
ISBN: 84-88730-52-7
Depósito legal: B-7515-94

Diseño de la colección: RICARD BADIA
Fotocomposición: Master-Graf, S.L.,
Trilla, 8 - 08012 Barcelona
Impresión: Libergraf, S.L., Constitución, 19,
08014 Barcelona

Impreso en España

Este libro fue editado con la ayuda
del Ministerio de Cultura

Queda
rigurosamente
prohibida, sin la au-
torización escrita de los titu-
lares del Copyright, bajo las san-
ciones establecidas por las leyes, la re-
producción parcial o total de esta obra por cualquier medio o procedimiento, comprendi-
dos la reprografía y el tratamiento
informático, y la distribución
de ejemplares mediante
alquiler o préstamo
públicos.

Has tirat el temps per la finestra,
i ara, princesa, on aniràs?
Mira't els ulls,
posa els peus a terra,
pren el que tinguis al teu costat,
perquè mai trobaràs el teu príncep blau.

(Has tirado el tiempo por la ventana,
y ahora, princesa, ¿adónde irás?
Mírate a los ojos,
pon los pies en el suelo,
toma lo que tengas a tu lado,
porque nunca encontrarás a tu príncipe azul.)

SOPA DE CABRA

18 DE OCTUBRE

No sé por dónde empezar, pero esta vez me he propuesto escribir un diario como debe ser. No me fío mucho de mí misma, porque ya es la tercera vez que lo intento. Me lo regalaron cuando hacía primero. Y empecé a escribirlo, muy disciplinada, prometiéndome que no me iría a dormir sin anotar algo. Pero era un rollo. Todos los días escribía lo mismo. Luego, cuando hacía tercero, lo volví a empezar. Arranqué las tres primeras páginas, que sólo decían chorradas, y, también a principio de curso, me juré que aquella vez sí –como el Barça, oye–, que sería cantidad de divertido leerlo más adelante.

Pero ahora sí es distinto. Primero, porque he madurado, y, segundo, porque Montse tiene toda la razón: un diario no sirve para anotar las cosas *que haces*, sino las *que piensas*. Si no lo haces, luego ya no te acuerdas. No es que yo pretenda tener pensamientos extraordinarios, pero son mis pensamientos, ¿no? Y de nadie más. Me pertenecen, como me pertenecen el nombre que llevo o la cara que tengo. Es mi personalidad.

También creo que un diario debe utilizarse para analizar la personalidad de los demás. Al menos, de las personas que te interesan. O de aquellas de las que dependes.

Me imagino la cara que pondría mamá, por ejemplo, si pudiera leer todo lo que realmente pienso de ella. Sería cruel... Y son cosas que no puedes explicar a nadie. Bueno, a Montse sí, porque es una buena amiga y te puedes fiar de ella. ¡Pero es tan infantil!...

Me he hecho muchos propósitos para este curso. ¡Esto de llegar a COU es demasiado! Me estoy haciendo vieja, porque ya hablo como mamá, que dice que el tiempo pasa volando (qué original, ¿eh?), pero la verdad es que cuando empiezas a ir al instituto crees que es para toda una eternidad, y, de pronto, ya estás en COU. Ahora somos veteranos. Es una sensación muy agradable.

Bueno, pues una de las cosas que me he propuesto –y esta vez *sí* lo haré– es estudiar un poco cada día, en vez de pegarme esas panzadas de estudiar a última hora, en época de exámenes. Racionarme el trabajo para que no sea tan pesado y estar siempre al día. Y escribir el diario, claro.

Montse dice que el error más frecuente de las personas que escriben diarios es empeñarse en escribir, aunque sólo sea un poco, todos los días. No: hay que escribir cuando tienes ganas de pensar, de reflexionar, de poner un poco de orden en tus pensamientos.

Pero es que esta vez me he propuesto muchas otras cosas. Para empezar, la gimnasia, que la haré a diario por mucha pereza que me dé. No me queda más remedio, porque papá ha dejado bien claro que no me vuelve a apuntar a un gimnasio –parece mentira, y luego dicen que nos quieren tanto; ¡si la *única* vez que me apuntó yo iba a octavo! ¡Y aún me lo echan en cara!— Me cansé, eso es verdad, pero es que era el gimnasio que habían elegido ellos, no el que yo quería. No tienen ningún derecho a reprocharme el dinero que se gastaron: lo eligieron ellos, lo decidieron ellos. El que yo quería entonces no costaba ni la mitad. Pero, si les hablo de ello, de ir a un gimnasio –¡con la falta que me hace!–, ya los tengo a los dos: «¿Y qué más, Raquel? ¿O es que te has olvidado de que te apuntamos al Blume, que, encima de caro, tuvimos que pagar una entrada, y a los dos meses dijiste que no pensabas volver?». Y es completamente inútil intentar razonar con ellos. El Blume era una «pijada» horrible, con un ambiente vomitivo. Y, además, ¡hostia, es que yo hacía octavo! Pero, como tienen la sartén por el mango, más vale no discutir. Te ahorras energías. ¡Son tan carrozas, tan viejos, tan de otra época!... Y cuando se ponen a hablar con sus amigos... ¡Es que dicen cada cosa de José Luis y de mí!... No tienen ni idea. Pero ni idea.

Así que escribiré el diario sólo cuando de verdad me apetezca y haré gimnasia todos los días. Hay que empezar con poco. Diez minutos, quince como mucho, e ir aumentando progresivamente, hasta que puedes hacer una hora entera sin que te resulte pesado. Porque yo, el *jogging*, no lo aguanto. Y, además, con lo contaminada que está la atmósfera de Barcelona, es un suicidio.

Y estudiar todos los días. Me he trazado un horario. Montse dice que ella se hace un horario a principio de cada curso, y que en noviembre ya lo tiene que romper para no amargarse leyendo todos los propósitos que no ha podido cumplir.

Estoy segura de que este curso me irá de narices. ¡Y mira que es duro! Pero, no sé, hay otro ambiente... Tal vez sea la selectividad, que influye. Y no es que esté a favor, porque es una tomadura de pelo: cuatro años de instituto, para que venga la universidad y diga: «No señores, no, todo lo que habéis hecho en el instituto no sirve para nada; nosotros os haremos una prueba, a ver si estáis preparados o qué...». Aunque, para los profesores de instituto, sí que es una buena bofetada. ¡Qué palo ser profesor! Cuando hacía quinto recuerdo que quería ser maestra, pero en el fondo lo que quería era ser como Roser... ¡Qué tía más maja! ¡Hace un montón que no la veo! Eso sí que es ser profe. Nos comprendía. Podías hablar con ella.

Tengo muy claro que no me dedicaré nunca a la enseñanza. Aunque de lo de hacer farmacia, como quiere papá, ni hablar. Es trabajar de dependienta toda la vida. Y me da lo mismo si se gana un pastón. La verdad es que aún no he decidido qué carrera hacer. Seguramente biológicas. ¡Si me pudiera dedicar a la genética, sería un puntazo! Pero, por ahora, he de concentrarme en sacarme el COU y pasar la selectividad.

Tengo el presentimiento de que este curso ocurrirá algo. Algo estupendo.

25 DE OCTUBRE

El ambiente del instituto es una pasada. Está casi la misma gente del año pasado, además de unos de tercero C que no caen bien a nadie. Pero los que tendrán que currárselo para adaptarse son ellos, porque los de tercero B somos mayoría. También hay algunos nuevos. Iñaki, que parece bastante legal y va muy fuerte en mates. Y Alberto, que es un empollón –bueno, lo era–, pero que si te puede hacer un favor, te lo hace. Y está también

Oriana. Es guapísima. Tiene un tipo... perfecto. Y sabe arreglarse. ¡Si mamá la viera...! Porque se maquilla un montón –demasiado incluso–, y lleva faldas de esas elásticas que se pegan tanto al cuerpo. Aunque, con su tipo, yo también las llevaría. Es simpática, pero un poco engreída. Lo que no entiendo es cómo puede llevar las uñas tan largas y cuidadas. (¡Tengo que dejar de morderme las uñas!)

A mí, el que más me gusta es Oriol. Dice Montse que se ha cepillado a medio instituto y que es demasiado guapo. Que seguro que se pasa horas mirándose al espejo. Yo no creo que sea tan lanzado como todo eso, y, además, no ha tenido tiempo para batir ese récord; pero ella dice que Miriam, de COU D, lo conoce desde hace tiempo y le ha dicho que, con él, hay que andarse con cuidado.

Los compañeros de siempre... Bueno, tienes la ventaja de que los conoces a fondo. Han madurado un poco, pero siguen siendo críos. En ciencias predominan ellos, ¡y son tan jóvenes! Todavía se ríen entre dientes cuando algún profe comenta algo sobre sexo... ¡Qué inmaduros! Y, cuando se las dan de machitos, es para partirse de risa. Sin ir más lejos, ayer va el borde de Llompart y me dice: «Raquel, ¿tú qué anticonceptivo usas?». En voz alta, para que se entere todo el mundo. ¡Le habría partido la cara! Y yo que me doy la vuelta, lo miro de arriba abajo, así, como en las pelis del oeste, y le suelto: «¿Yo? Una aspirina». Y, como lo de aguantar una aspirina entre las rodillas es un chiste viejísimo y todos lo conocen, empezaron a reír, y Llompart se puso como un tomate. Pero, haciéndose el chulo, va y dice: «¿Una aspirina?». El pobre no da más de sí. Y yo: «¡Sí, hombre! ¿O no sabes para qué sirve?». Y, como no lo sabía y estaba mosca por las risas de los demás –que eran por él, no por mí–, insiste: «Es que, como dicen que eres virgen, y yo no sé si es verdad...». ¡Me dio una rabia! No sabía que dijeran que soy virgen, y él lo dijo con mala leche. Así que le contesté: «Con todo lo que no sabes, Llompart, podría escribirse toda una enciclopedia».

Montse dice que se me veía furiosa, pero yo creo que quien hizo el ridículo fue él.

Cada vez estoy más convencida de estudiar biológicas. Pero, en casa, ni una palabra. Bastaría con decirlo en casa para que corrieran a sacármelo de la cabeza. Tienen un espíritu de contradicción que no veas... La profe de bio es muy buena. Ya sé que tiene fama de ser un plomo y todo eso, pero lo dicen porque es muy exigente y puntúa muy bajo. Pero explica de narices. Y, además, a nadie le obligan a hacer COU, ¿no? A mí me encanta la bio. Y también me gusta la filo. Creía que sería un tostón, y, qué va, es la hostia. Ahora vamos por Platón, y es interesantísimo. El profe dice que, como somos de ciencias, nos interesará más Aristóteles, pero, a mí, el «mito de la caverna» me fascinó. Es de una lucidez y de una superioridad intelectual... Nos lo ha dado fotocopiado, porque se lo pedimos. La verdad es que se enrolla un poco, pero está bien.

A quien no puedo soportar es a la de inglés. Ya la tuvimos en primero, y estoy segura de que me tiene manía. Y, además, cada vez explica de una forma distinta el mismo tema. Cuando crees que por fin lo has entendido, va y te dice que no y te explica todo lo contrario de lo que había dicho antes. Y no soy la única: toda la clase está igual de pez. Bueno, excepto Carola, que habla inglés mejor que la profe. Por eso la profe se pasa la clase intentando demostrar que Carola no sabe tanto como ella. ¡Y un jamón!

En lo que estoy pez de verdad es en mates. El año

pasado me las saqué en septiembre, y me costó lo mío. Pero es que ahora no entiendo ni jota. Cuando el profe me dijo que, si pensaba hacer biológicas, daba lo mismo que continuara siendo analfabeta en mates, lo hubiera estrangulado. Yo bien que me esfuerzo, ¿no? Suerte tengo de Iñaki, que es cojonudo. Me ha explicado las integrales racionales mucho mejor que el profe. Es un tío muy majo, Iñaki. Muy legal. Pero no va con nadie de la clase. Va a lo suyo, y listos. Si lo buscas, lo encuentras, pero él nunca se te acerca.

La asignatura que mejor me va es la química. Para mí, es la más fácil de COU. Bueno, y la lengua... No hay quien me gane, en lengua. Claro que yo soy la que más ha leído de toda la clase, y eso es fundamental. Pero es que es pan comido. Basta con que empolles un poco...

Montse no se encuentra bien de salud. Me lo ha dicho como un gran secreto, pero no me ha querido decir qué le pasa exactamente. Me sabe mal que se haya enfadado cuando le he dicho que eso son los nervios. Es lo que se dice en estas ocasiones, ¿no? Pues ella se ha puesto a llorar y ha dicho que, si llega a imaginarse que soy tan insensible, no me dice nada. ¡Anda que no es complicada Montse a veces! ¡Hay que tener una paciencia con ella!

4 DE NOVIEMBRE

Estoy hecha polvo. Estoy hecha una mierda. Lo de Montse es demasiado fuerte para mí. Cuando lo he explicado en casa... ¡Oh, sí, pobre Montse!, han dicho, y un segundo después estaban hablando de qué iban a hacer para comer mañana. Es una tragedia. ¡Mi mejor amiga! Me siento fatal por haberle hecho tan poco caso cuando intentó explicarme el drama que vivía. No sé qué hacer por ella. Haría lo que fuera. ¡Y que en casa se lo hayan tomado como se lo han tomado!... Son increíbles. Son idiotas. ¡Y mira que a Montse la conocen! ¡Toda la vida viniendo a casa! Creía que, al menos, llamarían a sus padres, que se tomarían algún interés... Y, encima, cuando he dicho que quería ir a visitarla a Montpellier, va y me dicen que ni hablar. Es por la pasta del viaje, ¡si lo sabré yo! Los conozco mejor que si los hubiese parido. Y como, dicho así, sonaba demasiado fuerte, han salido con la excusa de que, en estas circunstancias, una persona quiere estar sola. ¡Narices! Precisamente a las puertas de la muerte es cuando más necesitas que tus amigos, los amigos de corazón, estén a tu lado.

Me he dado un hartón de llorar.

Montse tiene cáncer. En la medula espinal. Ella estaba muy entera, muy serena. Yo me habría desmoronado. Dice que en Montpellier hacen auténticos milagros. Y –¡es tan persona y tan valiente!– ha dicho que, cuando se le caiga el pelo, se pondrá una peluca preciosa que ya tiene elegida.

Me he ofrecido para enviarle los apuntes de clase, para tenerla al corriente del curso, pero me ha dicho que, para ella, el curso ha acabado. Que tiene que pasar una prueba más dura: ha de luchar por la vida. Y que esta lucha está dispuesta a ganarla. Me he puesto a llorar como una tonta, porque era yo quien tenía que darle ánimos a ella, pero no me he podido aguantar. Y me ha consolado ella a mí. Y me ha dicho una cosa que me ha dejado hecha un guiñapo: «Raquel, no llores. ¿Sabes que con este tratamiento tan bestia puedo llegar a perder hasta veinte kilos?». ¡Joder, qué ironía! Toda la vida con el propósito de adelgazarnos...

Me siento fatal, porque, en lugar de quedar como

una buena amiga, la dejo tirada en Montpellier. ¡Si mis padres supieran lo importante que es para mí este viaje!... Bueno, lo saben perfectamente, pero, con tal de ahorrarse cuatro duros, son capaces de dejar colgada a mi mejor amiga. Sí, claro, le escribiré, pero no es lo mismo. ¡Si pudiera ayudarla de verdad!...

Me ha ocurrido una cosa rarísima. Estaba tan hecha polvo por lo de Montse, que no me he podido aguantar. Estábamos en la cafetería, yo hecha una mierda, sin poder comerme el bocadillo, y va y se me acerca Oriol y me pregunta: «¿Y Montse? Hace días que no viene». Se lo he explicado todo, porque no podía seguir guardándomelo. ¡Hablar me ha hecho tanto bien!... No sé si a Montse le sabrá mal que lo haya contado, pero le he pedido a Oriol que no lo haga circular. Él me ha escuchado de una manera tan... Bueno, como si fuésemos muy amigos, o como si a él de verdad le importara Montse, aunque nunca han tenido mucha relación. Y me ha entendido, me ha entendido muy bien, y se ha hecho cargo de todo lo que yo siento. Cuando le he explicado que en casa no me dejan ir a Montpellier y que me he conformado con escribirle, me ha salido con una cosa que me ha dejado de una pieza: «Pasa de ellos». ¡Ostras, no puedo pasar de ellos! Si no me dejan, no me dejan. «¿Es que no hay trenes? –ha dicho–. Tú te vas, y, si al volver se cabrean, tú, ni caso. Matarte, no te matarán.» Hombre, visto así... «Estás demasiado pegada a tus viejos. Y, como no te espabiles con la pasta, que es su único poder, vas lista. Tus padres, como los de todos, lo único que quieren es dominarnos. Y como controlan la cosa económica...» Le he dicho que tengo dinero propio, en la Caixa, y se ha encogido de hombros y ha dicho: «¿Lo ves?».

Lo he pensado muchísimo, y creo que tiene razón. Cuando ellos, los padres, abusan, hacen lo que quieren de nosotros, pero, en parte, es culpa nuestra. ¿Qué pasa si cojo el tren y voy a Montpellier? Pondrán el grito en el cielo, pero la próxima vez me respetarán más. Oriol dice que los que se quejan de que la vida es monótona, en el fondo esconden una terrible cobardía. «Las estaciones están llenas de trenes. Quien no los coge es porque no quiere. Y a ti te pasa igual. La excusa de los padres es sólo eso: una excusa.»

Sí, tiene razón; en el fondo, lo que yo quiero es que sean mis padres quienes decidan enviarme allí. Si yo digo que quiero ir, es porque sé que no me dejarán, y así me justifico a mí misma.

Estas cosas es mejor afrontarlas que esconder la cabeza bajo el ala y dar la culpa a los viejos. Pero también es verdad que me gustaría estar con Montse, darle apoyo. Pero ¿qué puedo decirle yo? ¿Por qué creo que es tan importante para ella que vaya a verla? ¿Y si fuera cierto que prefiere no ver a nadie?

Estoy hecha un lío.

Oriol es fantástico.

5 DE NOVIEMBRE

No me gusto nada. Para empezar, estoy demasiado gorda (¡como siempre!). Y nunca he conseguido hacer régimen. Claro que, en casa, tampoco me ayudan, pero la conversación que tuve el otro día con Oriol me ha demostrado que me justifico demasiado. Si quiero hacer régimen y no lo hago, la culpa es mía. Porque no tengo voluntad. Por ejemplo, la gimnasia. Me había propuesto hacerla todos los días, y sólo lo he cumplido a medias. Ahora ya hace tres días que, como me levanto demasiado justo, no he tenido tiempo de hacerla. Pero me levanto demasiado tarde porque no tengo fuerza de voluntad. Y con lo de estudiar pasa igual. Y mira que voy bastante al día, pero no tanto como quería. A excepción de las mates, el curso me va bastante bien. Pero, de estudiar a diario como me había propuesto, nada. Y, dentro de poco, todo el mundo se liará a poner exámenes, y será como en cada curso.

Soy un desastre. Tengo demasiado culo, echo barriga y soy chaparra. ¡Cuando veo ese cuerpo tan largo, tan estilizado, de Oriana!... ¡Qué suerte tiene! Quiero cambiarlo todo: no morderme las uñas, cuidarme más el físico y ponerme en serio a estudiar mates. Iñaki es súper buen tío. Ya es la segunda vez que me pone al día. Bueno, al día tampoco, ¡porque es que no me entero de nada! ¡Si al menos pudiera seguir la clase sin perderme!... Pero voy demasiado atrasada. Seguro que este año me quedan las mates. Pero fijo.

No me gusto nada. Mirarme al espejo es un suplicio. ¡Y ahora, encima, estos granos! ¡Ni que tuviera trece años! Y, como me los reviento antes de tiempo, se infectan y aún es peor.

A veces pienso que me gustaría estar, qué sé yo, en un internado muy duro, donde me obligasen a hacer todo lo que no tengo fuerza de voluntad para hacer. Porque todo lo que no te propongas en serio... Las gafas, por ejemplo: cuando quise llevar lentillas, me las compraron, pero, ¡ostras!, eran incomodísimas. Mis viejos me lo recriminan siempre. Y mira que me gustaría prescindir de las gafas, porque estoy mucho mejor sin ellas.

A partir de mañana haré régimen (disimuladamente, para que no se metan conmigo y empiecen a burlarse, antes de ver si lo aguanto o no), haré gimnasia y no me tocaré los granos ni me morderé las uñas. También quiero tener la habitación más ordenada, porque ahora está hecha un asco.

Incluso quiero cambiar de letra. La mía es horrible.

11 DE NOVIEMBRE

¡He recibido carta de Montse! ¡Qué tía tan fabulosa! Es cojonuda de verdad. Me ha dejado hecha polvo. Dice que el tratamiento es tan duro, que a veces cree que no podrá soportarlo. Que se pasa el día vomitando, porque, de hecho, la radioterapia es una agresión brutal para el cuerpo, que protesta porque lo están envenenando. Dice: «Es horrible, Raquel, mucho peor de lo que me habían dicho, y eso que el médico me habló muy claro, cosa que le agradezco. Nunca consentiré que me engañen. Es mi cuerpo. Es mi vida. La de nadie más. Lo único que te sostiene es pensar que cada una de estas agresiones te está salvando la vida. ¡La vida! Quiero vivir. Y lucharé. Una se da cuenta de lo importante que es todo cuando te ocurren cosas como ésta...».

No lo puedo soportar. Montse es una tía increíble. No sabía que fuera tan fuerte y tan entera. Dice que mis cartas le han hecho mucho bien y que no le importa que se lo haya contado a Oriol, pero prefiere que no corra la voz: «No quiero la compasión de nadie, sino amistad de verdad». Me siento tan avergonzada, porque mi amistad es escasa y mezquina. Que si Montse esto, que si Montse lo otro, pero a menudo no pienso para nada en ella. A partir de ahora le escribiré a diario. Dice que es absurdo que le guarde el material del curso, los apuntes y demás. Yo se lo decía para que se dé cuenta de que considero lo suyo una cosa pasajera, pero ella sabe perfectamente que, yendo todo muy bien, tiene para largo y que, en estos momentos, los estudios son lo de menos.

En cambio dice que le envíe los temas que me hayan impresionado, como el «mito de la caverna» y cosas por el estilo.

Ahora mismo me pondré a hacer una lista de libros que yo creo que pueden gustarle, y se los mandaré. Lo pagaré de mi bolsillo. Que los viejos se den cuenta de que no son tan imprescindibles como se imaginan y que no todo depende de ellos.

Me llaman a cenar.

Mañana empiezo un nuevo programa de gimnasia. Aunque me caiga de sueño, tengo que levantarme temprano. Me siento indigna de la amistad de Montse.

21 DE NOVIEMBRE

Me han pasado un montón de cosas desde que escribí este diario por última vez.

Para empezar, estoy muy satisfecha de mí misma: he hecho gimnasia todos los días. Dicen que los resultados empiezan a notarse al cabo de un mes. Y esta vez estoy decidida a no dejarlo. Una cosa que me ha desanimado mucho es que la profe de gimnasia del año pasado –hemos estado hablando y me ha dicho que me recuerda muy bien, sobre todo por la voluntad que ponía– me ha dicho que el ejercicio no adelgaza. Fortalece los músculos y los hace más elásticos, pero no adelgaza. Aun así, yo creo que, si tienes «michelines», que no son sino grasa acumulada, esta grasa tiene que quemarse.

En cuanto a los granos, me he puesto Fenergam todos los días antes de acostarme, y ya casi no se me notan.

Las uñas son harina de otro costal, pero al menos estoy haciendo progresos.

Una cosa estupenda y que me ha sorprendido mucho: Oriana y yo nos hemos hecho amigas. Me pidió que le explicara una cosa de química, y, como ahora hay tan buen ambiente –todo el mundo ayuda a todo el mundo–, le dije en seguida que sí. Incluso Guillermo –*el Napias*, como le llaman–, que es asqueroso como persona, está bastante legal con todos. Hay algo especial en COU. Hasta los profesores nos tratan de otra manera. Bueno, salvo la imbécil de inglés, pero es que ésa no tiene remedio. Está sonada.

Así que le dije a Oriana que la ayudaría a la hora del recreo. En seguida vi que estaba tan pez, que no había nada que hacer. Como yo en mates. Y le hablé claramente: «O te buscas un profesor particular, o la química no te la sacas ni en broma». Se lo tomó muy bien e incluso me agradeció mi franqueza, porque notó que no se lo decía para molestarla, sino para ayudarla. Y así es como empezamos a hablar.

Cuando le confesé la envidia que me da el tipo que tiene, va y me suelta que el secreto de todo es cuidarse: «A la gente que le da pereza arreglarse, se le nota. Tú, por ejemplo, no tienes que perder dos kilos, que es todo lo que conseguirás sudando la gota gorda por tu cuenta. Tienes que sacarte de encima al menos diez kilos. Necesitas un médico».

Sí, ahora mismo voy corriendo a decirle a mi madre que quiero ir al endocrino. Y Oriana va y me dice que por qué no voy por mi cuenta. Con la cartilla del seguro familiar o, pagándomelo yo, a uno particular. «Si quieres algo, tienes que luchar para conseguirlo. No busques excusas.» Mira, más o menos lo que me había dicho Oriol a propósito del viaje a Montpellier, para ir a ver a Montse. (Por cierto: le he enviado tres libros. Aún no me ha contestado, pero espero que le hayan gustado y que le hagan algún bien. ¡Pobre tía! No quisiera estar en su piel.)

Debo reconocer que Oriana tiene razón. No es que quiera estar todo el santo día pendiente de mi físico, como Isabel Preysler, pero tampoco tengo que ser tan desidiosa.

Oriol me pregunta todos los días por Montse. Es un secreto entre él y yo.

Pues bien, seguí los consejos de Oriana, y todo ha salido perfecto: fui al endocrino con la cartilla de casa sin decirle nada a nadie. Es un tío muy seco, pero se hizo cargo en seguida de mi problema y me dijo que «el siete» no quería volver a verlo (me pesó, ¡y peso 74 kilos!) y que, cuando llegara al «seis», ya hablaríamos del «cinco». Me recetó unas pastillas y me dijo que no creyera que son mágicas, que no me hiciera ilusiones. Que eran un simple laxante para regular el intestino cuando empezara el régimen que me había puesto. Me lo dio escrito en una lista, y a mí me parece muy variado.

Por supuesto, tuve que decirlo en casa. Mamá se pusó furiosa por haber ido al médico por mi cuenta. Menudo crimen. Le contesté que no tenía razón, que si le hubiese pedido a ella que me llevara, se lo habría tomado a risa. Entonces montó un drama y me dijo que la había herido, porque eso quería decir que no le tenía confianza. Cuando llegó papá, se lo explicó todo, pero a su manera, tergiversando mis palabras delante de mí y desfigurando la voz. Pero papá dijo que no había ningún mal en ir al médico, y mamá se quedó con tres palmos de narices. No es que crea que tengo a papá de mi parte, eso ni soñarlo; en realidad, lo único que quiere es sacarse el problema de encima. Pero esta vez eso me ha beneficiado.

Al final conseguí planificar un régimen racional. Mamá, cómo no, al principio se hizo la víctima: «¡Ahora tendré que hacer dos comidas!». Yo le repliqué que no tenía de qué preocuparse, que ya me lo prepararía yo todo. Con que me comprara las cosas que le pondría cada semana en la lista, tendría bastante. No se me caerán los anillos por asarme una pechuga de pollo o un bistec. Y, en cuanto a las ensaladas, las sé hacer mejor que ella. Al fin logré calmarla, pero no pude ahorrarme sus quejas: que si todo el mundo la pisotea, que es el trapo sucio de la casa... Pero estas cosas las decía más por mi padre que por mí.

Hoy ya hace cuatro días que he empezado el régimen. Todo me parece bueno y no paso nada de hambre. José Luis me restriega por las narices todas las cosas que no puedo comer. ¡Es un niñato insoportable! ¡Un día le pegaré una hostia!...

Estoy muy animada, porque ahora mi reconversión física va por buen camino. Oriana me ha dado un montón de consejos. Dice que también tengo que pintarme, aunque sólo sea un poco. Y cambiar de peinado.

Lo malo es que me estoy quedando sin un duro. Por suerte, el día 1 es mi cumpleaños, y algo caerá.

Oriol es majísimo. Le he escrito a Montse diciéndole que Oriol me gusta. Porque he creído que le hará más bien una carta así, que cuente cosas normales, que una carta trágica que sólo hable de su salud.

Aún no me ha dicho nada de los libros.

2 DE DICIEMBRE

Mamá es odiosa. Creo que me tiene tirria. Creo que todos los padres tienen manía a sus hijos por el mero hecho de crecer. Ellos querrían tenernos siempre pequeños, impotentes y débiles, a su merced, siempre pegados a las faldas de mamá o al pantalón de papá. En cuanto empezamos a independizarnos de ellos, comienzan a detestarnos. ¿Qué creen que somos? ¿Muñecas de carne y hueso?

Ayer, como era mi cumpleaños, va mamá y me regala un vestido. ¿Cuántas veces le he dicho que mi ropa la escojo yo? Tuve que decirle que aquel vestido era horrible y que no me lo pondría en la vida, y se puso histérica. Yo, lo reconozco, estuve un poco dura con ella, pero es que ya no resisto más. ¡Tengo tantas ganas de irme de casa! De dejar atrás las órdenes, el control, la tacañería... Papá es igual que ella, pero al menos no se entromete tanto. ¡Y el vestido...! Daría risa con él. ¡Una cosa del tiempo de Maricastaña!... ¡Claro, como ella es tan anticuada, tan pasada de moda!...

Me había hecho el propósito de analizar a los demás. Y quiero hacerlo con mamá. Tal vez cuando relea esto más adelante no estaré tan indignada y me parecerá exagerado, pero ¿y qué? Es mi diario, ¿no?

Tiene treinta y nueve años, pero parece mayor. Oficio: ama de casa. Me imagino que debe ser insoportable, pero ella tampoco puede quejarse, porque lo eligió voluntariamente. Sabía cómo era papá y cómo sería la vida que le esperaba. Yo, si me caso, que no sé si lo haré –creo mucho más en vivir en pareja–, estoy segura de algo: no quiero tener hijos y no quiero ser ama de casa. Bueno, continúo: viste fatal, de lo más quico. Se ha descuidado mucho, porque tiene bastante barriga y unos pechos enormes. Además, está arrugada. Y eso que se da todo tipo de cremas y se lo funde todo en cosméticos. Cuando sale, lleva siempre zapatos de tacón alto. Es... una mujer como las hay a cientos: cobarde, miedosa, reaccionaria y presumida a su manera. Yo comprendo que, cuando los hijos se hacen mayores, a una mujer de esta clase se le tiene que hundir el mundo, porque se ve obligada a plantearse qué hacer con su vida. Primero van locas por casarse –y creo que ni siquiera les importa con quién–; después vienen los hijos y todas las complicaciones, y se sacrifican de verdad, eso es cierto. Pero los hijos se hacen mayores, y un buen día se miran al espejo y se ven feas. Viejas. Los hijos se les escapan de las manos –tanto si se desesperan como si no–, y a la fuerza tienen que preguntarse si la vida es sólo eso.

Mamá tiene joyas, pero todas son horrorosas. Un día oí que decía –mis tíos venían a comer y, cuando vienen, mi tía y ella se ponen a hablar por los codos de sus vidas insípidas, de sus preocupaciones estériles y de toda clase de bobadas que ni a un cerebro de mosquito le interesan– que sus joyas serían para mí. Estaban hablando de la abuela, su madre, que, cuando murió, todo lo que tenía se lo quedó tía Rosalía, la mujer del hermano de mi madre, y las dos hijas se pusieron como monas. Total, eran cuatro tonterías feísimas, pero aún continúan dando la tabarra a todo el mundo, repitiendo que las hijas tienen más derecho que los hijos, que eso es una tradición sagrada, y demás monsergas. Bueno, pues mientras estaban hablando de esto, yo, ni palabra, porque, en estos asuntos, cuanto menos te metas, mejor. Pero si algún día tengo la desgracia de que me «toquen» las pulseras y todas las chorraditas de oro de mamá, las tiro al váter. O las dono a alguna institución, para que saquen algún provecho de ellas. Pero, de ponérmelas, ¡ni hablar!

Bueno, pues, entre estos abalorios y un peinado que parece el uniforme oficial de las mujeres de su edad –corto, con permanente, teñido, con un flequillito ridículo–, se puede completar su retrato.

Vive en la Edad Media: «Raquel, hija, las chicas tienen que estar en casa a las diez». «Hija, no comas embutido, que salen granos y las chicas tienen que cuidarse...» En fin, no hay nada que hacer con ella.

Pero es que, además, de mí no sabe nada. Ni me entiende ni tiene capacidad para llegar a entenderme. Y con José Luis pasa lo mismo. Aunque yo, a él, tampoco lo entiendo mucho. Pero no porque yo tenga diecisiete años –¡por fin!– y él sólo trece, sino porque es un chico muy raro. Entorna los ojos de esa manera, que nunca sabes lo que piensa, y no hay modo de arrancarle ni media palabra.

Continúo con el retrato de mamá: se aburre, la vida le parece vacía. Lo único que de verdad le gusta es lucirse delante de los amigos y conocidos –que son todos tan idiotas como mis padres–. No digo que no sea buena mujer, pero no sé encontrarle ninguna cualidad. No la puedes sacar de la compra, la casa y el control de los hijos. Supongo que algún tipo de vida amorosa debe mantener con papá, pero tienen que estar bastante hartos el uno del otro. Aunque, todo sea dicho, hacer el amor con papá tiene que ser una cosa... No sé cómo lo puede soportar.

¿Qué más? ¡Ah, sí! Nerviosa, exigente. Siempre cree tener razón. Esa insistencia en tratarme como si fuera una niña debe de ser una autodefensa, para no reconocer que se ha hecho mayor y que ya no tiene ninguna misión en la vida. Está acabada. Todo ha terminado para ella. Y reconocerlo supondría hundirse.

Yo estoy segura de que, me vaya la vida como me vaya, no acabaré como ella. Sus preocupaciones son tan triviales, tan estúpidas, tan vacías... Por ejemplo, el veraneo. Siempre habla de lo mismo. O de qué hará para comer. O de que si Concha –una amiga suya– ya tiene, qué sé yo... coche nuevo, o ha pintado la casa. Es una vida tan sumamente vacía, que da escalofríos sólo de pensarlo.

Releo todo lo que he escrito y me doy cuenta de que no sé hacer retratos de la gente. Me ha salido un galimatías absurdo, y no llego a describir nada concreto.

Decididamente, no sirvo para escribir.

El próximo domingo salgo con el grupo, que ya empieza a hartarme. ¡Siempre los mismos! Nos tenemos tan vistos, que ya no sabemos ni de qué hablar. Y, además, está Mateo. Todo lo que pasó entre él y yo todavía me hace más odioso el grupo. Aunque, oficialmente, los dos lo hayamos olvidado...

Suerte que papá me ha regalado dinero, que buena falta me hacía.

He vuelto a insistir a mis padres que quiero una paga semanal. Porque pedir cada vez que sales es humillante, y, encima, ellos aprovechan para saber adónde vas y con quién, cosa que no les incumbe en absoluto. Yo quiero mi propio dinero y hacer con él lo que me venga en gana. Tengo que volver a intentarlo, pero a ver si la próxima vez me sale mejor, porque esta vez sólo me han ofrecido mil pesetas por semana. ¿Qué esperan que haga con semejante miseria?

7 DE DICIEMBRE

Me ha pasado una cosa increíble. Estoy tan dolorida y tan triste, que incluso me encuentro mal. Esta mañana salgo del aula después de clase de bio, y la profe, que es nuestra tutora, coincide conmigo en el pasillo y me dice: «¡Pobre Montse! Tú que eres tan buena amiga suya, intenta animarla». Y yo: «Sí, ya lo hago». «Es que la he visto tan desmejorada...»

Me he quedado seca. ¿La ha visto? ¿Cuándo? ¿Ha vuelto de Montpellier? Yo no daba importancia al hecho de que no me escribiera, porque es ella la enferma, y yo, quien debe preocuparse por ella. Pero esto ha sido una puñalada: ¡volver a Barcelona sin decirme nada y no molestarse ni en llamarme! Sabe perfectamente que estaba muy inquieta por ella, por el tratamiento, por los resultados... Le envié libros, le he escrito muchísimo... De modo que me he puesto como la grana y no le he podido responder nada a la profe. ¿Cómo decirle que ni siquiera sabía que había vuelto? ¿Cómo confesar que la mejor amiga de Montse sabe menos de ella que una simple profesora? Le he dicho que tenía prisa y me he ido.

¡Hostia, cómo duele una cosa de estas! He llorado hasta tener dolor de cabeza. Y, al final, me he decidido a telefonearla. Lo hago por ella. Pero me siento fatal. Y, sí, se ha puesto. Tiene una vocecita débil y triste, y me ha dicho que hace dos días que está en casa. Que aquí la someterán a otro tipo de tratamiento y que tiene muchas esperanzas. Pero con una voz que no parecía la suya. Yo he hecho de tripas corazón y he intentado animarla, y le he dicho que me moría de ganas de verla. Y me ha contestado: «No hables por hablar, Raquel; aquí la única que se muere soy yo».

¡Qué pena tan grande! ¡Qué bofetada tan injusta! ¿Acaso le he hecho yo algo? A la hora de la cena, mamá se ha percatado de que tenía los ojos rojos de tanto llorar, y me ha preguntado si tenía la regla. ¡Mira que hay gente idiota en el mundo! No he podido callarme, y le he dicho que había llorado por Montse. Entonces se ha interesado y me ha dicho si ya había ido a verla. Me he puesto a llorar otra vez y me he sentido aún peor, sobre todo cuando mamá ha intentado consolarme. ¿Cómo confesarle a ella –o a quien sea– que no lloraba por Montse, sino por mí? Me da una vergüenza enorme tener sentimientos tan mezquinos, pero ésta es la pura verdad. Al menos soy honesta conmigo misma.

Ya estoy aquí otra vez. Después de escribir todo lo anterior me he dado cuenta de que estaba reaccionando de una manera enfermiza y pueril. Así que me he arreglado y me he ido a casa de Montse. ¡Qué puñeta! Es mi mejor amiga, y quiero estar a su lado en los momentos difíciles, aunque ella me haya ofendido y me haya tratado como a una extraña.

La pobre está horrible. Y se adivina que no tiene muchas esperanzas. Al principio estaba muy tirante, como si mi presencia la molestara. Pero al final he conseguido llegar hasta ella, y entonces se me ha abierto. Creo que eso le ha hecho bien y que yo le he sido, al menos, un poco útil. Me ha dicho que está muy angustiada, porque no quieren decirle toda la verdad, y que le da más miedo esta cautela que la propia verdad, sea cual sea. Que nota silencios extraños entre los médicos y sus padres. Dice que ha perdido la ilusión por vivir. Que no le importaría morirse, si no fuera por el miedo que le da...

La he abrazado y hemos llorado juntas. No sé muy bien qué le he dicho, pero la debe de haber ayudado, porque cuando ya me iba me ha dicho: «Gracias, Raquel.

Lo que tú me has dicho no me lo había dicho nadie». Y ha añadido que le gustó mucho que le enviara libros, pero que no ha podido leerlos, porque no puede concentrarse en nada; que está obsesionada con el tratamiento, las pruebas y el miedo a la muerte. Y que está siempre atormentada por dentro.

¡Pues claro que da miedo morirse! ¡Tiene que ser espantoso! Para los creyentes, al menos... no sé, tiene que ser diferente. Creen que hay otra vida después. Pero los que no somos creyentes sabemos perfectamente que es como entrar en un pozo, como el sueño, pero sin retorno. No vuelves a tener conciencia. La personalidad se desvanece, desaparece. Da pavor.

En casa he explicado por encima el drama de Montse, y mamá –¡por fin!– ha telefoneado a sus padres. Después de colgar, ha dicho sin ningún tipo de contemplaciones: «Montse no tiene cura, hija».

¡Desde luego, podía haber tenido un poco más de tacto conmigo!

11 DE DICIEMBRE

Estoy de exámenes hasta las cejas. Los profes se han vuelto locos; todos dicen que su asignatura es primordial y todos ponen exámenes a la vez. Y yo, encima, voy todos los días a ver a Montse. Está un poco más animada y dice que sí, que vuelve a tener esperanzas, porque los resultados no son definitivos, aunque, eso sí, son contradictorios.

La que está fatal es Oriana. Me ha pedido que la ayude. ¡Joder, no puedo llegar a todo! Mira, ¿ves? En esto, al menos, mamá se comporta: normalmente no me pide que la ayude, pero, cuando tengo exámenes, aún menos. Ella sabe muy bien que no escatimo noches en vela para aprobar. Sólo me dice: «No apagues la luz muy tarde, Raquel».

Quien tendrá problemas de verdad es José Luis. Él también tiene exámenes, y octavo no es nada fácil, pero no pega sello. Ni por casualidad. Mamá le riñe continuamente, y ayer se las tuvo con papá. Me supo muy mal que papá le pegara. Sólo fue una bofetada, de acuerdo, y eso no mata a nadie; estuvo muy impertinente, también de acuerdo, y no estudia nada. Pero las cosas se arreglan mejor razonando que con la violencia. Que José Luis es difícil lo sabemos todos, pero papá es adulto y debería ser más maduro que él. En cambio, se ha comportado como un crío.

Él les ha dicho –y la verdad es que se lo ha dicho un montón de veces, en eso tiene toda la razón– que no quiere estudiar. Que sólo le interesa la música.

Ya ves, tan orgullosa como estaba mamá cuando lo apuntó a piano y vio que le entusiasmaba... Se lo explicaba a todo el mundo, y ya lo veía de artista consagrado. Pero es que, con los estudios, mis padres son como las mulas: si la tradición dice que hay que estudiar, pues hay que estudiar. Si los hijos de los amigos estudian, pues los suyos, también. Son como las plantas: las raíces no pueden evitar crecer y hurgar en la tierra hasta encontrar agua; no lo deciden: lo hacen. Pero las personas no somos plantas, ¿no? Ni somos todos iguales. Si José Luis no quiere estudiar, si sólo quiere hacer piano, ¿qué hay de malo? Es su vida. Y el argumento de papá... Bueno, no tiene desperdicio: «Cuando seas mayor me echarás en cara que no te haya obligado a estudiar». Es decir, no lo hago por amor, ni por comprensión, ni por nada de eso;

sólo para evitar responsabilidades. Papá, a veces, es un imbécil.

Y José Luis, después de la filípica, me ha dicho: «Raquel, quiero hablar contigo. Tienes que ayudarme». ¡No me jodas, que estoy de exámenes! Todo el mundo me pide favores. Aunque, en el fondo, debo reconocer que eso me halaga.

He perdido seis kilos y medio. Y empieza a notárseme. Ahora tengo un tipo que, claro, no es como el de Oriana, porque eso es imposible, pero estoy mucho mejor que antes. Para Reyes sólo quiero ropa. ¡Y escogérmela yo!

Estoy segura de que Oriol se ha fijado en mi nuevo tipo, porque, en clase, no para de mirarme. ¡Ojalá me pidiera para salir! Estoy del grupo hasta el moño. Ya no vuelvo a salir con ellos. De momento, tengo la excusa de los exámenes. Pero, para mí, el grupo se ha acabado.

13 DE DICIEMBRE

He tenido una larga conversación con José Luis. Está furioso, porque de verdad no quiere estudiar y se siente atrapado. Me ha confesado que no puede aprobar nada de nada. Que ni le interesa ni le gusta. ¡Menudo papelón, el de la hermana mayor! Me he sorprendido a mí misma hablando como mamá. Porque lo que he hecho es intentar convencerlo. Le he dicho que, si quiere dedicarse al piano en serio, tiene que ir al conservatorio, y que para eso necesita la EGB, y, si se saca el BUP, aún mejor. Que, haga lo que haga en la vida, necesita la EGB, porque son estudios indispensables, y que sin título no podrá trabajar en ningún sitio y nunca será independiente. Le he dicho que, si se lo toma con más interés, verá que no es tan difícil ni tan insoportable, por muy atrasado que vaya. Y que, si hace un esfuerzo y se saca octavo entre junio y septiembre –¡me he ofrecido a darle clases en verano! ¡Ala! ¡Como si estuviese segura de que pasaré el COU y la selectividad!–, verá que en el instituto todo es distinto. Que se hacen buenos amigos, que hay un ambiente de mayor libertad. Y que más vale que se haga a la idea de que tiene que pasar por ello y adopte una actitud más positiva –¿he dicho «actitud positiva»? Raquel: ¡te estás haciendo vieja!–, en vez de amargarse toda la vida haciéndolo a regañadientes; y que, visto desde fuera, parece mucho tiempo, pero que se le pasará volando –lo dicho: me estoy haciendo vieja.

Él me ha mirado con los ojos semientornados, unos ojos que te dan la impresión de que no hay manera de saber lo que piensa. Y me ha soltado: «Tú tampoco me comprendes». Tal vez no, le he dicho, pero tiene que aceptar que, al menos la EGB, tiene que acabarla. Dice que él no necesita conservatorios. Es lógico: ¡sólo tiene trece años! Se cree que, si sabes tocar el piano, te llueven las ofertas. O que formar un grupo es fácil –aunque dice que eso del grupo no le interesa; que sí, que el rock le gusta, pero que lo que quiere hacer es música clásica.

Lo he hecho tan bien como he sabido, pero, al decirlos, me he dado cuenta de que los argumentos de mis padres o bien no son tan ilógicos como creía, o bien es que están tan arraigados en la sociedad, en nuestra forma de vida, que, queramos o no, los llevamos dentro. Cuando me oía decir las mismas cosas que ellos dicen –y con las mismas palabras–, he sentido vergüenza de mí misma y he visto que todo es muy relativo. Que todo es según se mire. Seguramente ellos debían oír las mismas cosas cuando eran pequeños, y debían parecerles animaladas y darles rabia también; pero, aun así, luego, de mayores, las han reproducido con sus hijos. Desde luego, yo a José Luis le he hablado de otra manera, dándole más confianza, sin aturdirlo ni abroncarlo.

Al final se me ha confiado del todo y, después de hacerme jurar que nunca se lo contaría a nadie, me ha confesado que hace mucho tiempo que copia, en todos los exámenes. Generalmente, de Álex. Y, cuando no puede copiar, se hace «chuletas». Que, de séptimo, no tiene ni idea, y a duras penas de sexto, pero que lo han pillado varias veces y ahora lo vigilan de cerca, así que no puede aprobar nada de octavo ni por casualidad. Que está desesperado. Ha reconocido que, en lo que yo le he dicho, hay parte de razón, y que es cierto que, haga lo que haga, necesita la EGB. Y que sí, que claro que le gustaría ir al conservatorio, y que está seguro de que hasta las asignaturas teóricas no le repugnarían tanto como le repugnan la historia, las mates y la lengua, unas materias que le dan un asco que no puedo ni imaginar.

Conclusión: le he aconsejado que lo diga en casa, porque si en junio, como es previsible, lo suspende todo, se armará la de Dios es Cristo, y en cambio, si lo explica ahora, le pondrán un profesor particular. Entonces no ha podido aguantarse más las ganas y se ha puesto a llorar, y, entre sollozos, ha dicho que un profe particular quiere decir dejar el piano, porque el día no tiene más horas que las que tiene. Y que si tiene que dejar el piano, prefiere morirse.

Le he pedido que me dé tiempo para pensar otra solución, porque, de momento, no se me ocurre nada.

Esta noche tengo que quedarme hasta las tantas, porque el martes tengo un examen de química, y el jueves, de lengua, y son las asignaturas que mejor me van. ¡No puedo fallar ni bajar la guardia!

He quedado con Montse para ir al cine. Me ha dicho que elija yo la película, y eso me preocupa. Querría una cosa alegre, que la animase, que la hiciera reír. Y la cartelera está fatal: terror, dramas humanos y –¡toma candela!– más guerra del Vietnam...

18 DE DICIEMBRE

El de química me ha ido de narices. Me parece que sacaré un sobresaliente. Es que me sabía todas las preguntas. Y el de lengua, bastante bien. ¡El lunes que viene tengo mates! Como no se haga el milagro... He quedado con Iñaki en su casa. No sé cómo me aguanta. Bastante tiene con lo suyo. Estoy perdida, ¡perdida! Y no creo que Iñaki pueda salvarme de ésta como por arte de magia. Si paso este examen, dejo de morderme las uñas, ¡por Tutatis!

La peli que escogí para ir a ver con Montse estuvo muy bien. Era *Boom, boom*, y ella se lo pasó estupendamente y estuvo muy animada. Ahora hace sesiones de quimioterapia dos veces por semana, y se encuentra mal casi siempre. «¿Estoy tan cansada!... –dice–. A veces pienso si no sería mejor abandonarse, y no sufrir tanto.» Parte el alma oírle hablar así. Aun con todo, al salir del cine estaba muy animada y quiso venir conmigo a casa. Debo reconocer que mamá se portó muy bien con ella. Le habló con naturalidad, y no como yo temía, tratándola con conmiseración. Montse me propuso que, teniendo el examen de mates a la vista, estudiásemos juntas. A mí, la idea no me entusiasmó, porque, aunque ella iba mejor que yo en mates, tampoco sabe demasiado. No obstante, me fue utilísimo, porque, al tener que explicarle a ella los temas nuevos, yo me aclaré bastante. Cuando nos quisimos dar cuenta, eran ya las diez y media. Pero mamá ya había llamado a sus padres y les había explicado que estábamos muy embaladas estudiando. De modo que se quedó a cenar con nosotros y después vino su padre a recogerla. Al día siguiente le tocaba sesión de quimio, y dijo que por la noche no podría dormir sólo de pensarlo. Cuando se iba, le puse la pulsera de piedrecitas que llevo desde pequeña y le dije, en broma, que tenía poderes mágicos. Nos reímos, pero sí, se la quedó. Dijo que, al menos, le haría compañía.

Oriana me ha pedido si puede acompañarme a ver a Montse. No sé qué decirle. Apenas se conocen, aunque yo les he hablado mucho a la una de la otra. Y eso me ha dado una idea. A la hora del recreo he dicho a la gente de clase si pensaban organizar una buena cuchipanda al acabar el trimestre. Nadie lo había pensado, pero la mayoría han contestado que eso está hecho, que hemos de montar una cena, que nos lo tenemos bien ganado. Incluso la idiota de Laia, con lo odiosa y lo impertinente que es, ha dicho que se apunta. Hemos quedado que yo me encargaría de todo. Y entonces les he dicho que qué les parece si se lo decimos a Montse –a estas alturas, todo el mundo sabe lo suyo–. Ha habido unanimidad. Y hemos quedado que entre todos le pagaremos la cena y que será nuestra invitada. Yo tengo que hacerle una especie de invitación en un papel, y toda la clase la firmará. Después hemos discutido si sería una cena con profes o no, y se ha liado un follón de miedo. Creía que la cena se iba al garete. Pero ya verás como, con la euforia de los exámenes, todo se encarrila.

21 DE DICIEMBRE

¡Uf, por fin los he acabado todos! Por ahora, que yo sepa, sólo me han quedado las mates. Hoy hay evaluación. El de mates nos ha dicho que hará una recuperación justo después de Navidad, pero sólo para los que hayan sacado más de cero. Así que, estas vacaciones, pienso ponerme a ello en serio. No puedo perder esta oportunidad.

Montse se ha emocionado cuando le he llevado la invitación de la clase. Pero es para mañana por la noche, y no puede venir: le toca sesión, y estará hecha una mierda. He pensado en la posibilidad de aplazar la cena, pero ella ha dicho que no, que lo deje correr y que le dé las gracias a todo el mundo. Estoy pensando en proponer que, con el dinero que pensábamos gastarnos en invitarla, le enviemos un ramo de flores. No sé si es buena idea. A lo mejor le parece demasiado ceremonioso, no una cosa espontánea como lo de la cena.

24 DE DICIEMBRE

En casa han pasado muchas cosas. Antes que nada, mi discurso. Me salió redondo. Y del todo improvisado, aunque llevaba días dándole vueltas. Lo que pasa es que los he cogido en buen momento, que, si no, se hubiesen subido por las paredes.

Bueno, el caso es que mamá quería salir de viaje estas vacaciones. Quería que fuésemos a Venecia, y papá se hacía el sueco y no paraba de decir que era demasiado gasto. Yo me había ofrecido a quedarme en casa con José

Luis, para que así pudiesen ir los dos solos. ¡Se está tan bien en casa sin los viejos! Pero mamá, dale que te pego, como la carcoma. Se notaba a la legua que a papá no le atraía nada la idea. Y ayer, después de comer, estalló la bomba. Montaron un cirio de campeonato. Papá tiró la servilleta contra la mesa y se puso furioso; empezó a gritarle que si creía que el dinero le salía por las orejas. Mamá se puso a llorar y a hacerse la víctima, diciendo que era la única de sus amigas que no había estado nunca en Venecia y que sólo había cuartos cuando se trataba de algo que le interesaba a papá. ¡Qué numerito! ¡Es tan violento oírlos discutir a gritos! José Luis y yo, como si fuésemos de cera.

Pero, al final, se fueron calmando poco a poco. Y papá le prometió a mamá una salida por Semana Santa, que hace mejor tiempo; que comprendiera que ahora iba muy justo, que la avería del coche le había costado un riñón y que acababa de pagar el seguro. Le hizo cuatro carantoñas, y se quedaron los dos contentos y felices. Como un día de esos que hay tormenta, y luego todo queda tranquilo y más limpio que antes. Bueno, pues entonces yo aproveché la ocasión y les solté que quería hablar con ellos, que les tenía que decir un par de cosas importantes. Que si alguna vez nos escucháramos, seríamos una familia mucho más unida, e imbecilidades de esas que tanto los enternecen. Pusieron unas orejas de palmo, y yo, la verdad, me lucí: primero, mi paga semanal. No habría servido de nada hablarles de mis necesidades, ni de mi concepto de libertad, ni del deseo de sentirme respetada por ellos en vez de controlada, porque hablar de eso con mis padres es como describirle los colores a un ciego de nacimiento. Utilicé el único argumento que puede hacerles mella: que soy la única chica que conozco que no tiene una paga semanal, y que soy el hazmerreír de las demás. ¡Y di en el blanco! Papá, tímidamente y con esa voz que pone cuando quiere hacer ver que nos trata como a adultos, insinuó que, si echaba cuentas, salía ganando con el procedimiento actual; pero yo le desbaraté el argumento hablando de los imprevistos, y me saqué de la manga un montón de ejemplos: que anteayer, después de cenar con mis compañeros, todos querían ir a la disco, y que yo fui la única que tuvo que decir que no, porque llevaba justo el dinero para la cena. Es una trola como una casa, pero todo sea por una buena causa. Así que discutimos la cantidad de la paga y... ¡he conseguido tres papeles por semana! «Eso sí –dijo papá–, no pidas ni un céntimo más para nada.»

Cuando los tenía ya en el bote y estábamos todos tan amigos y tan contentos, pasé a la segunda parte del discurso: hablé, suavizando mucho la realidad, de la situación de José Luis. Él estaba alteradísimo, pero me hizo una señal dándome a entender que siguiera, que una situación desesperada requería soluciones desesperadas. En seguida, como era de esperar, propusieron lo del profesor particular, pero yo deseché la idea diciendo que era un crimen obligar a abandonar el piano a un chico con tanto talento y aptitudes naturales –eso de las «aptitudes naturales» fue literalmente genial: se sintieron reflejados, como transmisores de los genes presuntamente geniales de José Luis–. Les propuse otra solución, a los tres, porque con José Luis aún no había hablado de ello: que teníamos que ser realistas y humanos –¡toma castaña!–, y que ellos podrían hablar con los responsables del colegio para que José Luis hiciera sólo la mitad de las asignaturas, las que él escogiera. Y que, durante el verano, si yo me sacaba el curso, le daría clases, y así a lo mejor se podría sacar todo el octavo en un año. Y que, si no, pero en el colegio le guardaban las notas, tampoco era ninguna tragedia repetir curso, porque empezar BUP en malas condiciones no es nada recomendable.

¡Pues estuvieron de acuerdo! José Luis escogió las asignaturas sin pensárselo dos veces, de lo claro que lo tenía. Yo me he metido en un lío, porque a ver cómo lo pongo al día en un verano. Pero, por lo menos, hemos ganado tiempo y hemos amortiguado el golpe de junio.

He pensado que, con la primera paga semanal, compraré algo para mis padres. Más vale estar a bien con ellos.

Peso cincuenta y siete y medio. Después de Navidad tengo que ir a la peluquería a cambiar de *look*. Las lentillas las dejo para más tarde; ahora tengo que empollar mates.

27 DE DICIEMBRE

Las fiestas de Navidad me deprimen. Y, además, me aburro. Es curioso: te pasas el trimestre esperándolas, y luego resulta que, aparte de levantarte más tarde, no sabes qué hacer en todo el día.

Me he hecho un horario para estudiar mates. Iñaki, por desgracia, está fuera. Ha ido a pasar las fiestas a Hernani, con sus abuelos. Y, de la clase, que vayan bien en mates, aparte de él, sólo está Nuria, que es idiota perdida, y Alberto, pero con él no tengo ninguna amistad. Y, además, ha bajado mucho, y ya no es tan bueno en mates como el año pasado. Bueno, también está Llompart, pero sé positivamente que me tiene manía. Tendré que espabilarme sola. Ahora, al menos, la materia de la primera evaluación la entiendo toda –bueno, más o menos–. Si resuelvo todos los problemas... Ya veremos.

Mañana he quedado con Oriana para salir. Pero ¿dónde se puede ir en Navidad? Es la época más cutre del año.

Mamá me ha preguntado qué quiero para Reyes. Ha encajado bastante bien que quiero ropa, y escogérmela yo. Dice que vale, pero que la ayude a pensar en algo para José Luis. Él, como no sean discos... La verdad es que él querría un compacto, pero con las notas que ha sacado no se lo comprarán.

Con mi dinero compraré un llavero para papá, un salero-pimentero de esos que muelen para mamá –vino enamorada de uno que vio en casa de mis tíos– y unos auriculares para José Luis, que tiene los viejos hechos polvo.

28 DE DICIEMBRE

¡Qué paliza, ir de compras! ¡Qué mogollón de gente! Además, El Corte Inglés es cada día más caro. Pero, eso sí, es muy cómodo encontrar de todo en un mismo sitio. Suerte he tenido de Oriana, que es una experta en compras.

Como era de esperar, Oriana ha caído fatal a mamá. Era la primera vez que la veía, y, como va tan pintada, estaba claro que mamá le pondría cara de circunstancias. Bueno, allá ella. A mí...

Me ha ayudado a escoger la ropa. Bueno, de una forma indirecta. En cuanto a mi pelo... me he hecho un moldeado más o menos como el de ella –y como el de mucha gente–. Sí, claro, parece calcado, porque el pelo largo moldeado siempre es igual. Pero, aunque Oriana es muy buena tía, en seguida le he notado que no le hacía ninguna gracia que la hubiese copiado. Mira, en cambio, en casa se portaron muy bien con lo de mi nuevo peinado. Se me ve muy distinta, y yo creía que me tomarían el pelo –nunca mejor dicho–. Pero va mamá y dice, muy sorprendida, que no me queda mal. José Luis sólo ha dicho que estoy rara. Y papá, que estaba muy guapa y me hacía mayor, más moderna –son de la Edad de Piedra; aún dicen eso de «moderno» para referirse a algo que no es de su estilo–. A mí me gusta un montón, aunque me haga la cara demasiado ancha.

Bueno, pues Oriana dice que no es la clase de peinado que me favorece y que, si a mí me gusta, lo que tengo que hacer es pintarme un poco y ponerme un maquillaje un pelín más oscuro alrededor de la cara, para alargarla un poco, y así no se me verá tan llena. Los cosméticos, ¡ay!, son carísimos. Suerte que me duran mucho. Yo quería un maquillaje muy, muy suave. Y un poco de sombra malva en los ojos y una rayita muy fina sobre el párpado de arriba. Y un rosa clarísimo en los labios. Me he maquillado en la sección de perfumería mismo, con la ayuda de Oriana y de la dependienta. Me queda fantástico.

Cuando ya estábamos rendidas, hemos ido a la cafetería a descansar un poco, y Oriana me ha dicho, pero en plan bien, sin ninguna mala fe: «Raquel, mira, no tienes por qué imitarme. Cada cual tiene su estilo, y el mío no es para ti. Has de descubrir tu propio estilo». Tiene toda la razón. Con el peinado no he pensado en lo que más me convenía, sino en imitarla a ella. Aunque con el maquillaje estoy muy contenta, porque me favorece mucho. Y también me ha dicho que tenía que pensar qué ropa me gusta y qué me sienta bien. Que soy demasiado ancha para según que estilos, especialmente el suyo. Así que me he concentrado y me he puesto a pensar qué quería realmente. Oriana dice que la ropa que mejor te sienta es aquella que llevas a gusto, aquella con la que te encuentras cómoda. Y en seguida lo he tenido claro: un estilo de camisas anchas, pantalones de pinzas, faldas cortas, medias de colores... No sé explicarlo, pero todo muy informal, muy *sport*. Había un conjunto que me iba al pelo, pero era muy caro. No me llega para tanto, y eso que he juntado mi dinero con el que me ha dado mamá para Reyes. ¡Pero es que, sólo en maquillaje, me he gastado dos mil quinientas pesetas!

Por eso digo que la ropa me la he elegido yo, pero con la supervisión de Oriana. Al acabar, estábamos tan cansadas que no teníamos ni ánimos de hablar. Pero estoy contenta, y Oriana ha aprobado todo lo que he comprado.

A la salida me ha invitado a una Coca-Cola y, cuando nos hemos recuperado, hemos hablado muchísimo. A mí me cuesta abrirme a los demás, pero Oriana es muy receptiva y te escucha de verdad. Le he explicado por encima mis complejos, y se ha quedado muy sorprendida. Dice que, para según que cosas, soy una tía muy madura. ¿Yo? ¿Yo, madura? ¡Pero si soy infantil, insegura, con la adolescencia retardada!... Y ella: «Que no, Raquel, que no. Tienes mucha personalidad. Todo el mundo te respeta». Bueno, al final ha tenido que aceptar que, si yo digo que soy insegura, es porque lo soy; eso no lo puede saber nadie mejor que uno mismo. Pero ha asegurado que por fuera no doy para nada esa impresión. Que a los compañeros de curso les caigo muy bien, y que me tienen por una especie de intelectual... ¡Es que no me lo puedo creer! Y, de todo lo que me ha dicho, lo que me ha dejado más de piedra es ¡que le gusto a Llompart! ¡Pero si estaba convencida de que le caía fatal! Y, además, es el más feo de la clase... Da la impresión, no sé cómo decirlo... de que no va muy limpio. Y con las gafas de culo de botella que me lleva, y el pelo mal cortado, y tan lleno de granos... ¡puaf! Dice Oriana que un día, en clase de filo, cuando el profe preguntó qué opinábamos de no sé qué, yo dije que «opinar es muy fácil, pero opinar con conocimiento de causa es dificilísimo». Y Llompart soltó: «¡Raquel es la hostia!». Pero eso no significa nada, o, al contrario, es una crítica por ir de pedante. Pero ella ha insistido en que no, que se ha fijado en cómo me mira. Que lo que pasa es que es un tío muy «jiñao», que toda su insolencia es para esconder una terrible timidez y una gran inseguridad. ¡Y yo que lo considero un chulo, siempre fardando con su Honda MXT!

Le he dicho que Oriol me gusta y que me encantaría que me pidiese para salir. Y se ha callado. La he visto rara. Le he preguntado si ella cree que con mi nueva figura, el peinado y la ropa tengo alguna posibilidad, y no ha querido contestarme. Seguro que piensa que soy un callo y que nunca conseguiré gustar a Oriol. Yo tengo más fuerza de voluntad de la que creía, y me veo favorecida. Sólo me falta dejar de morderme las uñas y adaptarme a las lentillas.

Cuando le he confesado a Oriana la envidia que me da, no sólo por su tipo, sino por la manera de caminar, por la forma de ser, y que la encuentro muy guapa y muy atractiva, ha replicado que ella tiene veinte años y yo acabo de cumplir los diecisiete. Y que ella me envidia el cerebro. ¡Ya ves tú qué cosa! Por cierto: Oriana sólo ha aprobado la filo, que está tirada. Y ha dicho que tengo que ser yo misma y no imitar a nadie: «Tienes mucha personalidad, Raquel. Y sabes mucho. Has leído más que nadie de clase, y todo el mundo te respeta. Creeme: tú también me das envidia».

Naturalmente, a mamá no le ha gustado nada la

ropa que me he comprado. Se ha dado cuenta del maquillaje, pero ha hecho la vista gorda. Dice que este estilo de ropa me hace parecer una refugiada polaca. Me he quedado de piedra: ¡mamá diciendo algo mínimamente ingenioso! Hasta que he recordado que esta frase es de una película de Woody Allen y que yo misma la he citado un par de veces. Tiene razón: es justo este estilo. Y me sienta de maravilla.

30 DE DICIEMBRE

Debe de ser la depresión navideña, pero estoy hecha una mierda.

Claro que también tengo motivos para estarlo. En primer lugar, han ingresado a Montse en una clínica. La he ido a ver, pero su madre no me ha dejado entrar en la habitación, porque ha dicho que estaba descansando. La he visto por el resquicio de la puerta. Iba sin peluca, dormía con la boca abierta y tenía un color ceniciento. ¡Me ha impresionado tanto...! Porque tenía la nariz muy delgada y afilada. Una nariz de muerta. Le he pedido a su madre que, cuando se despierte, le diga que la he ido a ver. Su madre está muy envejecida y se le nota el agotamiento en la cara. ¡Debe de haber llorado tanto...!

Pero siempre son las cosas egoístas las que más afectan. Porque, si me analizo, mi depresión es más por mí que por la pobre Montse. Hoy me ha llamado Oriol. ¡Me ha hecho tanta ilusión! Y me ha dicho lo que menos me esperaba de este mundo que me dijese: que si podía interceder por él con Oriana, que se niega a salir con él. Que quería llevarla a un sitio cojonudo para Fin de Año, y ella le ha dicho que no. «Como eres tan buena amiga suya, y a ti te hace tanto caso, me harías un favor muy grande si se lo pidieras...»

Ha sido una puñalada trapera. Sobre todo porque Oriana sabe perfectamente que me gusta, y no me comentó que le hubiera pedido para salir. Eso me duele. Tal vez no lo hizo por delicadeza hacia mí, pero eso es precisamente lo que me da más rabia: que se haya callado por compasión. Tanto hablar de mi *look* y de la ropa y de toda la parafernalia, y, en el fondo, ha estado burlándose de mí todo el tiempo. ¡Soy una imbécil!

4 DE ENERO

Oriana me ha llamado por teléfono un par de veces, y yo he estado más seca que una bayeta. Y, encima, hoy se me ha presentado en casa sin avisar. Me ha dicho que teníamos que hablar, así que no me ha quedado más remedio que hacerla pasar a mi habitación, para no tenerlas en casa.

Al principio no me daba la gana sincerarme con ella, pero al final le he dicho todo lo que pensaba. Me ha dado rabia no poder evitar que se me saltaran las lágrimas.

Me ha escuchado, y me ha dicho que la escuchara yo a ella. Y se me ha confesado. Se me ha volcado por entero.

Dice que ella empezó demasiado pronto, que sólo ha vivido para los tíos y que eso es un grave error. Dice que ahora todos saben que es una tía fácil, y que Oriol sólo quiere salir con ella por eso. Como todos los demás. Que está harta y que le sabe muy mal haber sido tan frívola toda la vida, y que daría cualquier cosa por ser como yo. ¿Como yo? Por supuesto, se refería a la virginidad. ¡Vaya tontería! ¿Qué tiene de admirable la virginidad? Ha reconocido que tengo razón y que sí, que a mi edad está bien dejar de ser virgen, pero «por amor, Raquel, no por curiosidad». Que ella está como cansada de todo. Atrasada en los estudios, sin ilusión por nada... ¡Anda, que no es exagerada! Pero dice que estas cosas se saben. Como muchas otras. «Lo que ocurre es que tú, Raquel, eres muy inocente. Por ejemplo, lo de que Llompart va por ti lo sabe toda la clase. Y que Alberto esnifa, también.» Me he quedado de una pieza: ¿Alberto está enganchado? «Hasta el cuello –ha dicho–. ¿No se lo notas en los ojos?» Y también que el profe de filo es marica, que se le nota a la legua. (¿Qué hay de malo en ser marica, a ver?) Y que estas cosas no hace falta que nadie las vaya contando, porque se notan. Como se nota que yo no tengo ninguna experiencia y que soy una persona seria en todo. Que ella, sí, es guapa, vale, pero ¿y qué? Ya no le interesan los tíos, ni le importa atraer a nadie. Está cansada, harta de todo. «Y acabaré de peluquera o, con un poco de suerte, de modelo. En cambio, tú tienes una vida muy intensa por delante, Raquel.» También me ha dicho que Oriol no me conviene, que sólo busca divertirse. Y ha añadido: «No les des facilidades. Ellos son como nuestros padres o nuestros abuelos: las mujeres son para usarlas y, cuanto más difíciles, más valor tienen».

Al marcharse, me he quedado con una doble sensación: por un lado, por primera vez en mi vida, me he sentido una persona maja. Quiero decir que hoy me gusto. Es una sensación muy agradable. Y, por otro, me ha sorprendido lo que me ha dicho Oriana de sí misma... No sé, pero ha quedado como rebajada ante mis ojos. Que ella misma reconozca que es una chica fácil... Debe de ser por algún atavismo que llevamos dentro desde los orígenes de la especie, pero, hablando claro: me ha repugnado un poco.

9 DE ENERO

Hay mal rollo en el instituto. Los del COU de letras están furiosos porque están sin profesor de latín desde noviembre. Aún tienen pendiente la evaluación anterior, porque se puso enfermo antes de los exámenes. Y ahora todo sigue igual. Dicen que tiene hepatitis, o algo así. El caso es que tiene para largo, y que, sin el latín, se juegan el curso, y que necesitan un sustituto. Hemos hecho una asamblea a última hora de la mañana, y todos los COUS nos hemos solidarizado con ellos. ¡Qué remedio! Hemos decidido convocar manis en la plaza Sant Jaume y en Serveis Territorials.[1] Por la tarde, la directora nos ha reunido a todos en la sala de actos y nos ha explicado que, desde el primer día de baja del señor Riera —el de latín—, había pedido un sustituto, y que no se lo han mandado porque no tienen a nadie de latín en las listas de sustitutos. Pero que eso es indignante, que, con un simple anuncio en los periódicos, saldrían licenciados de debajo de las piedras, y que nos apoya en todas las acciones que queramos emprender. A mí, todo me parece muy bien, ¡pero hacer huelga como pretenden algunos...!

---

1. Se refiere por una parte, a la plaza donde se encuentran, frente por frente, el Ayuntamiento de Barcelona y la sede de la Generalidad de Cataluña, y por otra, a los Serveis Territorials del Departament d'Ensenyament de la Generalitat de Catalunya, es decir, a los Servicios Territoriales del Departamento de Enseñanza de la Generalidad de Cataluña. *(N. de la T.)*

¡Ostras, es que así, en vez de solucionar el problema, nos tenemos que fastidiar todos! Yo no digo que no a una hora de paro al día, o a armar follón en la calle, o a parar la circulación, pero hacer huelga hasta que les envíen a un profe... Y no soy la única a la que le ha parecido excesivo; hemos sido la mayoría.

Ya sé que es muy egoísta por nuestra parte, pero, si supiésemos seguro que, haciendo huelga, les mandaban al sustituto, yo, encantada. Pero la directora ha dicho que nunca se sabe.

Ayer me pasó una cosa que, si no llega a ser por Oriana, no habría sabido cómo interpretar. Era el primer día de clase, y todo el mundo estaba muy simpático. Incluso Laia me dijo que el peinado nuevo me sentaba muy bien. Ahora voy a por las lentillas, porque, si no, todo a la vez hubiese sido demasiado fuerte. En cuanto hagamos la recuperación de mates, me pongo a ello. Bueno, pues, al salir de clase, me encontré en la puerta del instituto a Llompart montado en su Honda, vacilando como siempre. Y va el tío y me dice, delante de todo el mundo: «¿Qué, Raquel? ¿Te llevo a casa? ¿O te da miedo ir en moto?». Si Oriana no me llega a decir lo que me dijo, lo habría mandado a la porra. Pero si es verdad que le gusto y que es tan tímido e inseguro, eso hubiera sido una humillación muy fuerte para él. Además, justo en aquel momento salía Oriol. Y no me hablo con él. Sé que así me pongo en evidencia, pero, ¡hostia!, es que lo de pedirme ayuda para ligarse a Oriana fue una pasada. Bueno, el caso es que le dije a Llompart: «¿Miedo, yo? Tú no me conoces, Llompart». Y, sin pensármelo dos veces, me subí a la moto. Él arrancó en seguida, y yo tuve que agarrarme muy fuerte a su cintura, porque iba a toda leche. Me trajo a casa en un momento, y, al bajar, estuvimos charlando un rato. Me parece que Oriana tiene razón. Estaba muy distinto conmigo. Hasta se ofreció a ayudarme con las mates. ¡Uf, menudo compromiso! Le dije que a lo mejor sí, que algún día podíamos estudiar juntos. Cuando ya estaba llamando al timbre, él añadió: «Hasta mañana, Raquel. Estás muy guapa con este peinado», y arrancó. ¡Ostras, a ver si ahora le he dado esperanzas! Porque a mí no me gusta nada de nada.

10 DE ENERO

¡Por fin tienen sustituto de latín! Empezaba a haber tensiones. La sustituta es una tía con cara de vinagre. ¡Mira que llegamos a ser masocas! Luchar para tener a semejante arpía... Porque ésta los hará currar. Bueno, pues que les aproveche.

Hoy he hecho la recuperación de mates. Aún no sé el resultado, pero creo que me las sacaré.

He vuelto a la clínica a ver a Montse, pero hoy tampoco me han dejado entrar. Sólo me han dicho que está muy mal y que no le convienen las visitas. Le he enviado un ramo de flores, de rosas amarillas, que son las que más le gustan. Me ha costado carísimo, pero creo que le hará ilusión. Que sepa que pienso en ella. Yo creo que, por mal que esté, su familia se equivoca. Tendrían que dejarme verla. Con los amigos siempre hay más confianza que con los padres, y creo que verme le haría bien. Pero no puedo hacer nada. Ahora sí que me he hecho a la idea de que Montse no tiene salvación. ¡No hay derecho! ¡Es tan injusto!...

11 DE ENERO

Oriol y yo hemos tenido una larga conversación. Nos hemos encontrado por la calle, por casualidad. Yo le he dicho un adiós muy seco e iba a pasar de largo, pero él me ha hecho parar. Me ha cogido por el brazo, para retenerme, y me ha preguntado que qué me pasa, que le duele mucho que le haga este papel. Yo he empezado a decir tonterías de las que suelen decirse: «¿A mí? A mí no me pasa nada...», y cosas por el estilo. Entonces me ha pedido que fuésemos a tomar algo, que teníamos que hablar.

Estaba muy dulce y muy cercano, y al final le he dicho todo lo que pensaba: que sólo quería salir con Oriana para aprovecharse de ella, y que eso no era nada noble. Al principio hablaba con agresividad, pero poco a poco he ido suavizando el tono. Él ha aceptado que se equivocó, que no estuvo bien lo que hizo, pero me ha dicho que estoy completamente equivocada si pienso que sólo quería salir con ella para aprovecharse. Me ha dado una especie de sermón sobre que los tíos no son tan brutos como algunas de nosotras creemos. Que la amistad que habíamos iniciado él y yo era una cosa muy limpia, y que quería que le diera la oportunidad de conocerlo mejor. «Sé que tengo mala fama, Raquel, pero te aseguro que no es justificada. Muchas veces no me como una rosca. Presumes con los demás, pero por fardar, no para engañar a nadie. Todos lo hacen.» Me ha explicado un montón de cosas de su vida y de los proyectos que tiene. Me ha parecido tan sincero y tan legal, que le he ofrecido mi amistad, pero de verdad. Y como él se me ha abierto tanto, le he confesado que me gusta. Tal vez decírselo no haya sido muy inteligente, pero yo no sé hacerme la interesante, ni montar estrategias, ni nada de eso. ¿Y qué? Entonces él me ha cogido la mano, me ha mirado a los ojos –yo, que aún no me he acostumbrado a las lentillas, lo he visto un poco borroso, pero su mirada me ha llegado muy adentro– y me ha dicho que yo también le gusto, como mujer y como persona. «Además, últimamente estás muy guapa», y me ha besado en los labios con mucha suavidad. Estoy segura de que, si él llega a insistir sólo un poco, no me lo pienso dos veces. Estoy colada por él.

Hemos quedado para salir mañana domingo a las cinco. Ha dicho que ya improvisaremos adónde vamos sobre la marcha, que hacer planes con antelación es una tontería, porque todo depende del estado de ánimo de cada uno. Ha dicho que lo nuestro es una historia muy maja. Que soy una tía cojonuda.

En estos momentos me siento como si flotara en el aire. Me he mirado al espejo: sí que he cambiado. Estoy muy bien. Ni un solo grano. Y, aparte de los dedos índice y pulgar, no tengo ninguna otra uña roída.

¡Soy tan feliz! Que no se acabe nunca. ¡Que no se acabe!

13 DE ENERO

Ayer fue un día... maravilloso. Se lo he explicado a Oriana, porque, si no se lo explicaba a alguien, reventaba. Fui a bailar con Oriol. Me abrazó tan fuerte, que sentí todo su sexo tenso contra mi cuerpo. El contacto de su mejilla era una sensación como no ha habido otra. Me dio un beso, un beso de verdad. Estaba muy tierno conmigo. Me acarició la mejilla y me dijo que era un hombre afortunado, porque yo era única.

Cuando llegué a casa me pegaron una bronca de miedo, porque se ve que era muy tarde. Ni sé la hora que era. Estoy viviendo una experiencia extraordinaria, y las necedades de casa no me interesan lo más mínimo. Me gusta Oriol. No, no me gusta: estoy enamorada. Haría cualquier cosa por él.

José Luis se ha apuntado a un concurso de televisión y lo han seleccionado. Es un rollo que no ve nadie que yo conozca, excepto él. Se trata de adivinar piezas de música. Él ha escogido música clásica, porque puede elegir el estilo que prefiera. Tiene que ir el viernes de la semana próxima. Lo dan por la segunda cadena, y puede ganar bastante dinero. Le irá bien, porque de música clásica sabe un montón. Aunque él me ha explicado que, cuanto más vas, más difícil te lo ponen, y que cada semana te juegas a doble o nada lo que llevas ganado. Espero que sepa parar a tiempo. ¡Pobre chaval! ¡Ojalá se sacara un buen pastón! Así, al menos, se camelaría a los viejos. El dinero es la llave que abre todas las puertas, ¡especialmente la de mis padres!

18 DE ENERO

Montse ha muerto.

Murió ayer. Esta mañana, a las doce, la han enterrado. Yo he ido a clase, como todos los días, y después he quedado con mamá en Sancho de Ávila.[2] En clase, esta-

---

2. Sancho de Ávila es una de las funerarias municipales de las que dispone la ciudad de Barcelona. *(N. de la T.)*

ba como narcotizada. Pero, a la hora del recreo, ha venido la tutora y nos ha dicho si queríamos ir todos juntos al entierro de Montse. Ha sido muy fuerte, porque no sólo ha querido ir nuestro COU, el de Montse, sino todos los COUS y todo el instituto, profesores incluidos. Todos en masa. Yo he pensado que mucha gente aprovecharía para irse a casa y ahorrarse las clases, pero qué va: todo el mundo, o al menos la mayoría, ha acudido, incluso los que no la conocían de nada. Éramos una multitud impresionante. En Sancho de Ávila no cabíamos todos, y hemos ocupado todo el pasillo, toda la entrada y toda la explanada de fuera.

Yo estaba entre todos, como aturdida. Pero mamá me ha encontrado y me ha llevado cogida por los hombros, a empujones entre la gente, hasta el primer banco de la capilla, donde estaba la familia. La madre de Montse me ha mirado y me ha sonreído, con unos ojos llenos de tristeza. Había muchos parientes a los que no conocía. Y, en medio, estaban el ataúd y un cura diciendo chorradas. Luego el cura ha leído algo que no tengo ni idea de qué era, pero que era precioso, y me ha parecido que los rituales religiosos sí tienen algún sentido. Un sentido tribal, si queremos, pero alguna especie de sentido. Al menos han conseguido reunir a aquella muchedumbre alrededor de un féretro que contiene los restos de mi amiga.

He pensado en ella y en si le hubiese gustado que todo el instituto estuviese allí, apretado y sudando. Y he pensado que ahora ya no sufre. Que la muerte es también un descanso. Pero entonces me he dado cuenta de que no era yo quien pensaba esas cosas, sino el cura quien las decía. Y me he rebelado interiormente: ¡todo eso son sólo palabras! ¡Tenía dieciocho años y podía vivir muchos más! ¡Es una injusticia y una crueldad! Y si existe un dios, es un dios que se recrea haciendo sufrir a sus criaturas. Sí, claro, ha dejado de sufrir. Pero también ha dejado de disfrutar. Ya no la veré nunca más. Nunca más. Siento una rabia profunda, y hubiera escupido a la cara del cura, con sus estúpidas esperanzas de vida eterna. ¡Es esta vida la que queremos! No queremos promesas, ¡queremos vivir! La religión es, simplemente, una exaltación de la muerte. Y Montse no ha podido vivir. Que ahora me vengan con que era tan buena persona, tan generosa y la alegría de su familia y de sus amigos, me da asco. Era una tía normal. Con ilusiones, con días buenos y malos... una chica normal. Una chica que vivía, y que ahora ya no vive. La vida es un engaño.

No he llorado. No, Montse, no lo he hecho. No sé por qué, pero siento que te lo debía. Y su madre tampoco. Al acabar la ceremonia, nos hemos mirado, ella y yo, un momento. Y nos hemos comprendido: las dos nos sentíamos satisfechas por no haber llorado. Una ceremonia puede tener un sentido tribal, pero los sentimientos íntimos son íntimos e intransferibles. Son privados. Las lágrimas auténticas no pueden ser el adorno de una ceremonia.

He llegado a casa como sonámbula. Me he tendido en la cama y he dejado mi mente en blanco.

Y entonces sí. Entonces te he llorado. Desde el fondo de mi corazón, Montse.

23 DE ENERO

Todo el mundo está muy amable conmigo. Y eso que yo no he hablado con nadie –con nadie en absoluto, ni siquiera con Oriana o Oriol– de mis sentimientos por la muerte de Montse. Incluso en casa están delicados conmigo. Anoche, José Luis se me acerca, me da un beso y me dice: «Raquel, mañana es mi concurso. ¿Verdad que me mirarás? Venga, mujer, que así te animarás». ¿Tanto se me nota? Bueno, es igual. Me da lo mismo lo que piensen los demás de mí. Claro que miraré el concurso. Y saldré con Oriol. Y viviré. Yo estoy viva. Aunque, a veces, cuesta mucho vivir.

He aprobado las mates. Pero ahora vuelvo a ir atrasada. Y, para colmo, Iñaki dice que va a pasarse a nocturno, porque ha encontrado trabajo. Es un trabajo muy pesado y rutinario, en los almacenes de un hiper, cargando cajas, pero gana bastante pasta, y él dice que en su casa hace mucha falta el dinero. Otro que también se va es Alberto. Deja los estudios. Supongo que para ponerse en tratamiento.

Ya ves: yo preocupada por mi tipo, la peluquería, la ropa y todas esas tonterías, y mira la de problemas reales y crudos que hay en la vida. Realmente, vivo entre algodones, y todas mis preocupaciones son mis padres y mi aspecto físico.

Decididamente, soy una inmadura.

25 DE ENERO

Ayer dieron el concurso por la tele. La mecánica es bastante complicada, y yo aún no la he acabado de entender. Estábamos los tres mirando a José Luis, que estaba nervioso y muy acojonado. Se presentan cuatro concursantes, y tienes que intentar eliminar a los otros tres. El ganador puede pasar a la eliminatoria siguiente. Cuando sabes la respuesta tienes que apretar un timbre –bueno, un timbre no, sino una luz que da vueltas, como la de las ambulancias, pero sin sirena–, pero lo tienes que hacer antes que los otros. Primero han puesto una pieza de Vivaldi que hasta yo la sabía; luego, la *Quinta Sinfonía* de Beethoven; a continuación, un *Nocturno* de Chopin, y, finalmente, un fragmento de *Aida*. Cada vez las preguntas serán más difíciles, y dice que hasta pueden llegar a preguntarte el nombre de los intérpretes, o qué orquesta toca, y cosas así.

Pues bien: ganó José Luis, y ahora tiene derecho a seguir la próxima semana. Son cien mil pesetas, pero no se las han dado porque se las ha jugado.

Dice que hay un autobús que sale de la plaza Catalunya, con los concursantes y las familias, y otro que los trae de vuelta al mismo sitio. Cuando llegó a casa estaba contentísimo, y papá le dijo: «¿Lo ves? Para esto sí que vales». A mí me pareció cruel, porque era amargarle la fiesta. Algo así como decir «eso ha estado bien, pero en lo demás eres una calamidad». Pero, como él siempre se calla, nunca sabes si está enfadado, o disgustado, o triste, o simplemente indiferente.

Oriol y yo hemos salido, aunque sólo un rato. Me cogía de la mano o por la cintura. A mí, cada contacto con él me hace sentir mujer, segura, feliz. Estoy enamorada, sin duda alguna. Él tiene las ideas bastante confusas, porque no sabe ni lo que quiere estudiar. Pero eso no le agobia para nada, porque es una persona muy sana y muy equilibrada. Y, sobre todo, es muy tierno, muy considerado. Con él te sientes respetada. Te sientes única. Como si sólo estuviésemos él y yo en el mundo.

28 DE ENERO

Ahora hace un montón de tiempo que no hago gimnasia al levantarme, pero es que, de verdad, no me hace falta. Además, juego a baloncesto, que es un deporte mucho más completo que los ejercicios. Yo estaba convencida de que, aunque ya como de todo, no había engordado ni un gramo. Pero en la última visita al endocrino ¡resulta que peso sesenta de pasada! Yo no me lo había notado en la ropa, y él me ha explicado que es porque no he aumentado de volumen y que, a veces, es simplemente retención de líquidos. Me ha recomendado una infusión diurética y me ha dicho que cuide la lista de alimentos prohibidos. A mí, el vino, la cerveza, los cubatas y todo eso me traen sin cuidado. Pero un buen bocata, una hamburguesa, un *croissant*... de eso sí que me cuesta privarme.

Pero ya no tengo ni una uña roída, y me crecen bastante bonitas. Dentro de una semana o así me las pinto. Me las limaré bien, me recortaré las pieles y elegiré un esmalte muy claro. O transparente del todo.

La filo me gusta muchísimo. Ahora vamos por Descartes. Hacemos sobre todo comentarios de texto, y a mí me salen redondos. El profe ha dicho que mis comentarios están mejor de forma que de contenido, y eso me ha dolido. Yo creo que lo he entendido bien, al menos tan bien como los demás, sólo que he intentado expresar con claridad el pensamiento de Descartes. Se ve que, a los filósofos, cuanto más complicado, mejor.

El de mates me ha recomendado un profesor particular, y, al decírmelo así, en plena clase, me he puesto como un tomate. Aunque tiene razón: me falta base, tengo los conceptos confusos y voy atrasada. Y Oriol no me ayuda nada, porque él se va defendiendo, pero no tanto como para poder explicar bien la materia. Y, encima, cuando nos reunimos a estudiar, nos ponemos a hablar de él y de mí. En este sentido, echo de menos a Iñaki. Con él, cuando había que estar por las mates, se estaba por las mates.

La de inglés se ha humanizado un poco. Dicen que tiene un amigo y que ya no va de amargada por la vida. ¡Qué cosas!

1 DE FEBRERO

¡Estoy tan cabreada! Hemos formado parejas para un ejercicio de inglés, y a mí me ha tocado Llompart. Y va y me dice que ya se ha enterado de que salgo con Oriol, cosa que no tiene ninguna importancia, porque lo sabe todo el mundo; pero cuando ha añadido que sabe que hemos ido a bailar y adónde, y que estuvimos haciendo manitas... ¡hostia, me ha dado una rabia! ¿Cómo puede Oriol ser tan bocazas? ¿Cómo puede ir explicando cosas tan íntimas? Y todo para hacerse el chulo, para presumir. No sabe el daño que me ha hecho. Y con Llompart, claro, he tenido que disimular, para que no me notara la rabia y la decepción que sentía.

Pero luego Oriol ha tenido que oírme. Sé que estaba enfurecida y que tal vez le he hablado con demasiada dureza, pero es que me sentía como si me hubieran pisoteado, como si me hubieran exhibido. Él se defendía con excusas tontas. Pero ha dicho algo que sí que me ha dejado cortada: «¿Tú no se lo has contado todo a Oriana?». Naturalmente, no he podido replicar nada, porque, aunque él lo decía por decir, sólo para defenderse, la verdad es que sí lo hice. Aunque eso fue diferente: a Oriana, yo le hacía confidencias, mientras que él, a Llompart, con quien sólo tiene una amistad superficial, se lo contaba para fardar, y vete a saber a cuánta gente más se lo habrá dicho. En mi caso era deseo de compartir una cosa muy profunda; en el suyo, pura pavonería. Pero, aun así, no tengo demasiado derecho a hacerle reproches de indiscreción. Bueno, al final le he perdonado, y nos hemos prometido mutuamente que, de nuestras cosas, no hablaremos más con nadie.

El viernes pasado fue la segunda tanda del concurso de José Luis. Ya no estaba tan intimidado y volvió a ganar. Las cuatro preguntas eran: una fuga de Bach, un concierto de Haydn, *La flauta mágica* de Mozart y el *Capricho español* de Rimsky Korsakov. El presentador lo felicitó y, cuando le preguntó si quería continuar, él dijo que sí. No sé si hace bien, porque puede perder doscientas mil pesetas. Cuando llegó a casa, estaba como muy pagado de sí mismo y, cuando le recomendamos que no tentara a la suerte, dijo que no nos preocupásemos, que quería ganar dinero de verdad, y no miserias, y que lo tenía muy fácil. Yo creo que se confía demasiado.

2 DE FEBRERO

Hoy he ido con mis padres a la academia donde estudia piano José Luis. Los mejores alumnos daban un concierto y, entre otros, lo han seleccionado a él. Yo creía que lo habían seleccionado por lo del concurso –en la academia no se habla de otra cosa– y que aún estaba demasiado verde en piano, pero no, ha tocado muy bien. No parecía mi hermano, allá arriba, en el escenario, y tenía incluso una mirada diferente. Tenía los ojos bien abiertos, o cerrados a veces, de una forma muy especial. Se notaba que sentía la música muy adentro. ¡Y yo que lo creía tan insensible! Las personas somos muy complejas, y nunca nos molestamos en comprendernos. Tal vez José Luis no tocaba magistralmente, pero lo hacía con mucha sensibilidad. ¿Ves? No sé nada de él, y vivimos en la misma casa. ¿Cómo puedo quejarme de que a mí tampoco me entiendan? ¡Qué complicados somos!

4 DE FEBRERO

Me ha telefoneado la madre de Montse y me ha rogado que pase por su casa, que quiere hablar conmigo. No me hace ninguna gracia, porque no sé qué decirle ni cómo hablarle. Pero, qué remedio, no tengo escapatoria.

Acabo de volver de casa de Montse. Su madre estaba muy entera, y me ha explicado que, en un principio, el médico fue muy brutal y sólo les dio remotas esperanzas, y que gracias a eso ha tenido tiempo de hacerse a la idea, aunque su marido –ha dicho– aún no se lo acaba de creer. Dice que Montse no quiso en ningún momento quitarse mi pulsera de piedras, y que la enterraron con la pulsera puesta. Le he dicho que no se preocupe, que no se la dejé, sino que se la regalé, y que me parece muy bien que no se la quitaran. Dice que Montse, pocos días antes de morir, habló de mí. Quería que me dieran sus libros y sus cintas. «Ya ves, pobre hija, lo consciente que era de su final.» Y me llamaba para dármelo, para cumplir la voluntad de Montse.

Hemos ido a su habitación, que está tal como ella la

dejó. Para mí, eso era más de lo que podía soportar, ver la habitación vacía, sin ella... ¡Con las veces que habíamos estado hablando allí, o escuchando música!... Al mirar las estanterías con los libros, me he dado cuenta de que parecerían huecos, vacíos, si yo me los llevaba. Me ha costado convencerla de que no me los dé, porque decía que no podía dejar de cumplir lo que su hija le había pedido. ¡Yo tenía un nudo en la garganta! Al final hemos quedado en que los libros son míos, pero depositados allí. ¡Da una pena todo! El armario, con su ropa, los cajones llenos de apuntes, de papeles, de libretas... El bolígrafo, con la punta mordida... ¡Qué fuerte! Hasta conserva una cinta de Bonnie Raitt puesta, a punto para apretar el *play*...

Yo lo habría hecho todo exactamente al revés –por supuesto, eso no se lo he dicho, porque cada cual reacciona de una manera, y todas son respetables–: lo habría tirado todo, habría pintado la habitación de un color distinto... No para borrar el recuerdo de Montse, sino para poder soportar su ausencia. Lo que su madre ha hecho me parece algo demasiado morboso. Las personas que uno ama viven en el corazón. Retener los objetos es como desconfiar de nuestra fidelidad hacia ellas.

Ha sido una visita desagradable, penosa. No sabíamos cómo hablarnos la una a la otra. Cuando yo ya estaba en el rellano, me ha dado un abrazo. Pero no me abrazaba a mí, sino a la sombra de Montse, a los fragmentos de Montse que deben habitar en mí.

Estoy muy deprimida.

7 DE FEBRERO

José Luis me preguntó si quería ir a los estudios de televisión. Por lo visto, tiene derecho a llevar a dos familiares o amigos. Le dije que me lo pensaría –mamá y papá habían dicho que, ellos, de ninguna de las maneras, que menuda vergüenza si los veía alguien... Este par se pasan la vida haciendo teatro–. Bueno, pues se lo propuse a Oriol, y a él le hizo gracia la idea. Así que hemos ido los dos acompañando a José Luis. Yo nunca había estado en unos estudios de televisión. Es muy interesante, aunque decepciona un poco. También es una lata, porque un programa grabado –lo graban el mismo día que se emite– significa muchas pausas, muchas esperas, muchas interrupciones. Los concursantes, que delante de la cámara se dan la mano, y se felicitan y todo eso, en realidad se miran con malos ojos. Los refuerzos que lleva cada uno sirven para aplaudir cuanto más fuerte mejor cada vez que el «suyo» acierta. Oriol y yo nos hemos roto las manos, para que se viera que José Luis también tenía soporte moral. ¡Es todo un tío, mi hermano! ¡Hay que ver cuánto sabe! Ha adivinado: un madrigal de Monteverdi, una sonata de Scarlatti, la *Sinfonía número 2* de Chopin y el *Carnaval de Viena* de Schumann. (¡Ostras, esta última creía que la fallaba y lo eliminaban! Si llega a pasar eso, le hubieran regalado un tocata –con compacto– y, ¡hala, a la calle!) Es el concursante más joven, y el presentador le ha hecho muchos elogios y le ha insinuado que se plante, que se conforme con las cuatrocientas mil pesetas... Pero, nada, que quiere continuar. ¡Hay que tener valor!

He dicho en casa que necesito un profe particular, para las mates. Pero a ellos no les importa nada de nada.

Quieren que lo aprobemos todo, ¿no? Ah, pero eso sí, espabilándonos nosotros. No están dispuestos a ayudar en nada. Dicen que me lo pague yo, que para eso cobro mi paga semanal. Que ya sabían que aún tendría la cara de pedirles más. «Vosotros nunca tenéis bastante», han dicho.

Me he dado un hartón de llorar, porque he visto bien claro lo sola que estoy, que no puedo contar con ellos para nada. Porque si les hubiese pedido dinero, qué sé yo, para un viaje, para un vestido, para una cosa así, vale. Pero es que es para mis estudios. Nos quieren mucho, son los guardianes de nuestro futuro, pero apáñate tú sola.

He dado voces, a ver si encuentro un profe que me pueda pagar. Laia, aun siendo una engreída y una idiota, se ha portado muy bien y me ha dicho que ella tiene uno. Que se lo preguntará, a ver si tiene horas libres y me hace un buen precio. Claro que, como mucho, puedo permitirme una horita por semana.

Oriana tiene una depre que no se aguanta. Pero no sé por qué. No quiere confiárseme. Me parece que últimamente la tengo un poco abandonada. Hemos quedado para mañana sábado, a ver si la animo. Pero después me ha telefoneado Oriol, y, la verdad...

10 DE FEBRERO

He tenido una larga discusión con Oriol. Yo a él lo veo muy materialista, y él a mí, demasiado ingenua. Tal vez los dos tengamos razón; yo, por falta de madurez, a veces me paso; y él, porque se lo han enseñado así, ve la vida con demasiado cinismo. Empezamos hablando de la carrera que haríamos, y él decía que me envidiaba por tener tan claro lo de biológicas. Pero él, a la hora de decidir qué quiere estudiar, sólo piensa en las salidas que hay. ¡Hostia, yo creo que también tienes que pensar si te gusta o no te gusta! Porque, si no, estudiar es un palo insoportable. Si lo único que quiere es ganarse bien la vida, qué sé yo, que haga oposiciones a la Caixa o algo parecido, y que no malgaste como mínimo cinco años de su vida, sólo para acceder a un sueldo. Él ha replicado que en la vida sólo cuenta el dinero. Bueno, eso es un tópico, pero tiene razón cuando dice que también es un tópico decir que hay cosas que no pueden comprarse. Aunque, eso sí: yo le he puesto ejemplos a él, y él a mí no. Le he dicho que yo le quería y que eso no tiene nada que ver con el dinero, y que, para aprobar un examen, tienes que empollar y entenderlo, y que, por mucho dinero que tengas, eso nadie puede hacerlo por ti. «Si yo fuera un lolailo –ha dicho– o un gitano, igual que soy ahora, pero con otra manera de hablar, de vestir, sin estudios, tú nunca te habrías fijado en mí. Y, si estudio, es porque en mi casa pueden permitírselo. Fíjate en Iñaki, que tiene que currar porque en su casa hace falta.» Sí, es cierto, somos lo que somos en parte por lo que hemos recibido de fuera, de las personas que hemos tratado y de la educación que nos han dado. No somos libres, no tenemos, por lo menos, muchas posibilidades de elección, salvo en cosas mínimas. Pero precisamente proyectar el futuro entra dentro de nuestro poder de decisión.

Y no es que Oriol no valga la pena como persona. Sabe ir por la vida, se mueve con desenvoltura en todos los ambientes, tiene mano izquierda con la gente y, cuando quiere, es absolutamente encantador. Pero me da rabia que sólo piense en el dinero.

La discusión de verdad ha empezado cuando, para rebatir lo que yo decía, se ha basado en el hecho de que yo soy mujer, y él, hombre. Dice que nosotras somos más caseras, más conformistas, que vemos la vida sólo a partir de los afectos. Eso me ha exasperado, primero porque *siento* que no es verdad, que eso equivale a simplificar a las mujeres, como hacen sus padres, los míos y toda la sociedad, y, segundo, porque yo no soy así. Yo quiero estudiar. No baso mi futuro en casarme y tener hijos. Precisamente me horroriza la idea de ser ama de casa. Pero él movía la cabeza, como quien está muy seguro de lo que dice y como si mi opinión no tuviera que tomarse en consideración. Lo que pasa es que yo me apasiono hablando y, entonces, en vez de razonar, parece que me esté defendiendo. Pero yo sé que lo que dice no es cierto. Y también me ha dado rabia que me llamara «feminista». En primer lugar, porque no lo soy –bueno, no sé si lo soy; la verdad es que nunca me lo he planteado, y, además, estoy muy mal informada sobre este tema–, y, en segundo lugar, porque lo ha dicho con desdén, como si, con decir esa palabra, todo cuanto yo dijera quedase automáticamente descalificado.

Cuando se ha acabado la discusión, hemos quedado igual de amigos que antes. Pero a mí me ha quedado un resquemor por dentro. Lo que pasa es que –como siempre– todos los buenos argumentos se me han ocurrido después.

A mí, Oriol me gusta muchísimo. Y cada vez estoy más segura de que estoy enamorada de él. Pero tiene algo que... no sé cómo decirlo con palabras... Como si, en vez de una personalidad propia, tuviese sobrepuesta la personalidad colectiva. Como siempre «toca» hablar de dinero, él siempre habla de dinero. No sé cómo expresarlo. Pero es la misma sensación que me da papá cuando se siente obligado a que le guste el fútbol. Yo le he visto aburrido delante del televisor, e incluso ha llegado a dormirse en algún partido. Pero, si «toca» que le guste el fútbol, pues le gusta el fútbol. Igual que «toca» que José Luis estudie, aunque le repugne. Y «toca» que yo sólo me preocupe por la ropa y el físico. Pero ¿cómo somos realmente?

A veces pienso que no hay mucha diferencia entre los humanos y los borregos. Todos bailamos al son que nos tocan, y, para colmo, nos hacemos la ilusión de que nosotros hemos decidido bailarlo libremente. Quizá, en el fondo, tanto Oriol como yo somos unos ilusos, y el futuro esté completamente determinado. Quizá sí, pero ¡qué pena tan grande si fuera así! ¡Qué estafa!

13 DE FEBRERO

Hoy es el santo de papá. José Luis y yo estamos más pobres que las ratas, y mamá le ha comprado un jersey en nombre nuestro, pero nos ha hecho prometer que se lo pagaremos. Yo he empezado las clases particulares, y no tengo un chavo. Y eso que sólo me cobran mil doscientas pesetas. Comparto el profesor con Laia una vez por semana, aunque a ella le da dos días más de clase. No sé cómo irá, porque ellos dos llevaban otro ritmo, pero no pierdo nada con probarlo. Ayer fue la primera clase (será los miércoles, de seis a siete, en casa de Laia), y el profe, que se llama Ignacio y parece buen tío, me ha dicho que estoy fatal. Mientras Laia hacía unos problemas, él ha estado sólo por mí y me ha mandado un montón de trabajo para casa.

Laia tiene una casa preciosa. Su madre es guapísima,

parece una modelo, pero es un poco pija, como ella. La verdad es que, tratada más de cerca, Laia no es tan idiota, y a mí me ha hecho un favor muy grande. Es muy engreída, eso sí. Pero es que es muy guapa, y, seguramente por eso, sólo piensa en los tíos y en lucir. Me ha hecho pensar en todo lo que discutimos Oriol y yo. ¿Ves?, ella sí que es como dice Oriol. ¡Pero yo no, caramba! Una criada filipina nos ha traído la merienda a los tres, en una bandeja. Al profe, ver entrar la bandeja debe gustarle tanto, que se le ha iluminado la cara, se ha puesto resplandeciente. Igual el tío este pasa hambre. Laia tiene un ordenador para ella sola en su habitación. ¡Hostia, eso sí que me ha dado envidia!

José Luis me ha dicho que no me preocupe, que, cuando acabe el concurso, tendrá el bolsillo bien lleno y me pagará todas las clases y me regalará un ordenador como el de Laia. En el fondo es buen chaval. Y, ¡ostras!, sabe muchísimo. Ojalá pueda superar los estudios y hacer una gran carrera como músico. Se lo deseo de corazón.

Bueno, pues papá se ha puesto muy contento con el jersey y ha dicho que, para celebrar su santo, el domingo que viene nos invita a todos a un restaurante.

Me había propuesto hacer retratos de la gente que conozco, y sólo lo intenté con mamá. Ahora lo probaré con papá.

Es un hombre maduro, medio calvo y bastante delgado. Lleva siempre americana y corbata. Trabaja en una compañía de seguros. Tiene unas arrugas horizontales en la frente que le dan un cierto aire de escepticismo, de no creer en nada, de estar de vuelta de todo. Creo que debe estar convencido de que ha fracasado en la vida. Un salario medio, una mujer, dos hijos... Tal vez tenía grandes proyectos, grandes ilusiones. Y ahora se encuentra haciendo todos los días lo mismo, soportando siempre la misma rutina. Le gusta mucho mandar; se cabrea como una mona por las cosas más tontas como no le hagas caso. Valora muchísimo el dinero, y se ablanda delante de quien lo tenga. Incluso es un poco servil con los que están por encima de él. Cuando éramos pequeños se ve que se ocupaba mucho de nosotros, que llegaba a casa impaciente por vernos. Pero ahora da la impresión de que lo hemos decepcionado, que ya no espera gran cosa de nosotros.

Es un hombre que ve la vida a través de una ventanilla muy pequeña. Le falta imaginación. No creo que esté muy enamorado de mamá. Es su mujer, y punto. Es bastante tacaño con todos nosotros, incluida mamá, pero, cuando se trata de él, es capaz hasta de endeudarse. Como con el coche, por ejemplo. Un Renault 21 es más de lo que podemos permitirnos, pero se encaprichó con él, y todos hemos tenido que apretarnos el cinturón. Tampoco puedo criticarlo, porque él es quien gana el dinero, pero para mamá ha de ser terrible. Cuando ella dice que tiene que ir a la peluquería, por ejemplo, indefectiblemente replica: «¿Otra vez a la peluquería?». Como si le arrancasen el dinero del corazón.

A mí no me entiende en absoluto, y a José Luis tampoco. Claro que, si he de ser sincera, yo tampoco lo entiendo a él. A veces pienso que soy un monstruo, porque no los quiero nada, ni a papá ni a mamá. Sueño con lo bonito que será el día en que pueda irme de casa. Si Oriol trabajase y ganase suficiente pasta, se lo propondría, a pesar de mis ideas de que, en una pareja, han de trabajar los dos. ¡Pero sería tan bonito llevar la vida que me diera la gana!...

Bueno, definitivamente, no sirvo para hacer retratos de gente.

15 DE FEBRERO

¡José Luis es un as! ¡Ha vuelto a ganar! Ahora lo conoce todo el mundo, se ha hecho famoso. En el barrio, lo paran por la calle. Mamá está que se le cae la baba. El propio presentador dijo que llegar a la quinta semana (ayer fue la cuarta, y ha quedado convocado para la que viene) sólo había pasado una vez, y la cámara lo estuvo enfocando durante un buen rato. No obstante, él no dice nada, como siempre; como si la cosa no fuera con él. Esta vez lo contestó todo sin vacilar: el *Concierto número 9* de Boccherini, la ópera *Don Quijote* de Massenet (yo nunca la había oído mencionar), la *Misa de difuntos* de Berlioz y un madrigal de Scarlatti. ¡Llevaba ganadas ochocientas mil pesetas! ¡Y el muy animal se las jugó! Al final lo perderá todo. Dice que en el colegio lo tratan como a un héroe, a él, que hasta ahora tenía fama de ser una nulidad. Me parece que esta repentina celebridad le será beneficiosa, porque le dará seguridad en sí mismo. Y, sobre todo, porque así papá verá que es muy bueno en lo suyo, y a lo mejor le ayuda un poco.

Esta tarde he salido con Oriana. No sé cómo se lo monta para tener tanto modelito. Ella dice que vestir bien no es tan caro, que sólo hay que echarle paciencia y buen gusto. Que si sabes combinarte las cosas que tienes... ¡Y un jamón! Seguro que se gasta una buena pasta en ropa.

Hemos charlado como hacíamos antes. De todo. De ella y de mí. Y también –debo reconocerlo– de mi relación con Oriol. Me ha recomendado que vaya con cuidado, que no le dé facilidades. «Ellos se cansan en seguida, ¿sabes?» ¡Joder, qué visión tan pesimista de los tíos! Ya sé que tiene más experiencia que yo, pero debe haber tenido muy mala suerte en sus relaciones.

Es probable que Oriana deje de estudiar. Vive con su madre, que es enfermera. Sus padres se separaron cuando era pequeña, y es hija única. Dice que su padre la trata muy bien, que viene a verlas y que siempre le da dinero. Pero me ha confesado que, en el fondo, le guarda un cierto rencor. Que lo quería con locura cuando las dejó. Le he hecho comprender que, si una pareja no está bien junta, continuar sólo por los hijos es una burrada, y está de acuerdo, pero insiste en que, a pesar de todos los razonamientos, le guarda rencor. Dice que su madre es una mujer aburrida, insípida, sin otro pensamiento que el de ir tirando. Y que, en cuanto acabe COU, que no lo pasará, quiere empezar a trabajar. Y que no puede dejar a su madre. «A fin de cuentas, es cómodo llegar a casa y encontrarlo todo hecho.» ¡Hostia, Oriana, eso es lo que dicen los tíos! Y ella me ha dicho, muy seria, que, si fuese hombre, sería absolutamente machista. «En el fondo, todas querríamos ser hombres.» Me ha dejado perpleja. Yo nunca he pensado que quisiera ser hombre.

Por la calle, todo el mundo la mira. ¡Es tan guapa! Da un poco de apuro ir con ella. ¡Te sientes como una pulga! Estoy segura de que a ella le ha encantado que saliéramos. Pero se la ve cansada de todo.

8 DE MARZO

Hace tres semanas que no escribo nada, porque el diario no es nada. La familia no es nada. Ni las amigas me importan. Casi, ni los estudios.

Me han pasado muchas cosas. Yo he cambiado. Ya no soy la misma.

He hecho el amor con Oriol.

Sus padres estaban fuera, y me dijo si quería ir a su casa. El corazón empezó a latirme a mil por hora, porque sabía lo que suponía eso, pero le contesté con desenvoltura que vale, que fuésemos. «¿Tienes buenos discos?», le dije. Él estaba inquieto, y yo notaba que me observaba.

Tiene una casa pequeña, pero agradable. Su hermana mayor está casada, y su antigua habitación es ahora la de Oriol, porque es más espaciosa que la que él tenía. La de él la han convertido en salita de estar, con mesa camilla y televisor portátil. Muy acogedora. Yo me ahogaba, de lo nerviosa que estaba, y hablaba como si no pasara nada. Una especie de autodefensa. Él cada vez estaba más inquieto.

Nos sentamos en esa salita, y él trajo unos cubatas y unas galletas saladas. Entonces me cogió la mano y me dijo, con tono compungido: «Tú sabes a qué hemos venido, ¿verdad, Raquel?». Como si quisiera comprobar que yo lo había entendido. ¡Ni que fuera subnormal! Lo miré a los ojos, porque aquello era muy importante para mí. Tenía la mente fresca y clara. Y ya no valía seguir haciéndome la tonta. Yo quería decirle que sí, que lo sabía, que era consciente de ello. Pero las palabras no me salían, como si se me hubiera secado la garganta, y sólo pude asentir con la cabeza. Me cogió la barbilla, me levantó la cara y me dio un beso dulcísimo, mucho más tierno que apasionado. «¿Estás segura? ¿Estás segura de que quieres quedarte?» Y, como ya me salían las palabras, le dije que quería y que no quería, y que esa era toda la verdad, porque no me gusta hacerme la remilgada. Es decir, que dejaba en sus manos la decisión, ¡maldita cobarde! Me preguntó si era verdad que era virgen, y yo asentí, y él se quedó un poco decepcionado, porque tiene que ser un palo para los tíos. Insistió en que sólo haríamos lo que yo quisiera, y que la decisión era mía, que tuviera eso bien claro. Por un lado, me gustaba que fuera tan considerado –¡faltaría más!, ¡ni que fuera *Jack el Destripador!*–, pero, por otro, me dio la impresión de que evitaba responsabilidades, de que no quería reproches.

«Para ti es la primera vez, Raquel, pero para mí también: nunca lo he hecho con una virgen. Querría ser contigo... no sé. Me tendrás que ayudar.» Eso me caló hasta lo más hondo, y entonces lo besé yo a él con toda el alma, porque su desconcierto me ayudaba a superar mi turbación. Él repetía y repetía que sólo lo que yo quisiera, y decía cosas tan bonitas como: «Quisiera ser muy sabio, y que para ti fuera algo inolvidable». «Eres preciosa, Raquel. Cualquiera se volvería loco por ti.» «Si no te gusta, por favor, no me dejes continuar.» Y yo, con cada una de estas frases, me sentía más y más débil y más cerca de él, y tenía más y más ganas de que me tocara. ¡Lo había imaginado tantas veces!

Él me besaba por todo el cuerpo, y yo sentía sus manos, tibias y suaves, resbalando por mi piel, y notaba que toda mi superficie se despertaba, que toda yo lo reclamaba. Su cabeza entre mis pechos, su aliento, su mirada perdida hacia dentro, la suavidad de la caricia... Él, preocupado por no ser brusco, por no hacerme daño... No, no me hizo ningún daño. Yo estaba debajo de él, y el peso de su cuerpo era liviano. Yo le mordía el hombro, y él me acariciaba el vientre.

Antes me había preguntado sobre los anticonceptivos: «¿Qué utilizas?». Y yo: «Nada, Oriol, no tengo nada de eso». Sacó un preservativo y dijo que era una lástima, porque al natural era mejor. ¡Y en todo momento fue tan delicado! Yo no quería mirarlo, porque me daba más vergüenza mirar su sexo que no que él mirase el mío. Su ternura estaba hecha de palabras, de caricias, de suspiros, de miradas.

Yo no sé si sentí placer –todo el placer que hay que sentir–, pero lo que sentí fue mucho más que placer. Yo, como los animales, notaba que iba mudando de piel y que se despertaba en mí una piel nueva, una piel que sus manos iban construyendo, que sus besos despertaban. Luego nos miramos tan adentro como nunca nadie me había mirado antes. Él aún estaba intranquilo, y preguntaba una y otra vez si me había gustado, si me había hecho daño, si me sentía a gusto. Pero yo no encontraba palabras para decirle todo lo que sentía. Y todavía no las encuentro.

Estaba en otro universo, que se rige por reglas diferentes a las del universo cotidiano. Era... no sé... Como acabar definitivamente con la infancia. Era alcanzar un mundo real, un mundo que antes sólo había vislumbrado, que antes daba vueltas a mi alrededor, como un tiovivo al que no tienes billete para montar. En cambio, ahora estoy arriba; el viento me da en la cara, y yo me he hecho sabia de repente, he madurado, he vuelto a nacer. Su contacto era el contacto con la vida, el contacto de la realidad, que antes me había sido negado, me había sido ocultado. Yo alargaba los dedos y podía tocar la realidad. Como uno de aquellos hombres del «mito de la caverna» que tanto me impresionó a principio de curso: salía de la caverna, y las sombras de las cosas se convertían ahora en cosas con volumen y colores propios, reales, tangibles. Y todo era mío. Oriol me lo había dado. ¡Todo era tan bueno, tan sano, tan limpio e inocente! No hay pecado, no hay culpa. Si acaso, el pecado es negarse a la vida, privar a un cuerpo joven y sano del contacto húmedo, suave y fuerte de un hombre, que te acaricia diciendo que te desea.

Al salir, llovía, y yo caminaba en sueños, saboreando aún todas las sensaciones nuevas. Levanté la cara a la lluvia y sentí correr las gotas por mi piel como si fueran lágrimas. Y me sentí fuerte y limpia, por dentro y por fuera. Me sentí nueva.

Los demás, la familia, pertenecen al mundo exterior. Accidentes, a veces molestos. No son nada. Las amigas, sí, son compañeras, personas de confianza. Los estudios, también, pero son un reto, un plan de futuro. Pero el amor es mucho más que todo eso: es algo interno, incomunicable, profundo, cierto. Es la única verdad auténtica.

He pasado los últimos días como sumida en una somnolencia. Sólo mirando a Oriol verificaba que todo había sido real, que no lo había soñado. Lo veía a él hablando con los demás, bromeando, tomando apuntes, riendo, y me preguntaba cómo podía mostrarse así, cómo podía disimular que él y yo habíamos roto unas fronteras invisibles y habíamos conquistado un estadio nuevo, una fortaleza donde no cabía nadie más que nosotros dos. Pero se ve que yo debía actuar igual, porque nadie ha notado que yo, en lugar de caminar, flotaba; en lugar de hablar, sonreía; en vez de escuchar, me perdía más allá de las palabras. Sólo mamá me ha dicho un par de veces: «¡Tú siempre en la luna, Raquel, hija!». Y me ha enternecido que ella, siempre tan alerta, no supiera nada de nada.

Vivir es realmente fantástico.

Quiero a Oriol.

9 DE MARZO

Caramba, aún tengo el cerebro lleno de telarañas. Pero tengo la certeza de que esto nuestro no es sólo algo físico. Creo que él también me quiere, aunque no lo haya dicho nunca con estas palabras. Ahora me mira y sonríe, con una sonrisa distinta. Yo sólo tengo ganas de tocarlo. Apoyo la cabeza en su hombro, y él me riñe bajito y me dice que estas cosas son privadas, y a mí me entran unas ganas locas de reír al verlo tan discreto, yo que lo creía un fantasma...

Pero, a pesar de todas estas telarañas, la vida continúa, y yo no puedo estar siempre inmersa en Oriol. ¡La vida no da vacaciones! Por ejemplo, las clases particulares de mates, que me cuestan un ojo de la cara, me han ido de fábula. Lástima que no pueda pagarme un par a la semana –bueno... si me privo del bocata, si propongo a Oriol que siempre pague él cuando salgamos... En fin: imposible–, porque entonces sí que me pondría al día. Pero al menos ya no voy tan perdida. Ignacio dice que debo de haber tenido unos patatas como profes, porque lo pillo todo a la primera. ¡Caramba, al final me harán creer que soy inteligente! Ahora veremos cómo va la segunda evaluación. He propuesto a Oriol ayudarlo en química, pero ha hecho un gesto de rechazo, y eso me ha dolido, porque yo no se lo decía para darme importancia, sino para serle útil.

Es curioso: cuando hablo con él, tengo la doble sensación de que es al mismo tiempo «aquel» Oriol que estaba haciendo el amor conmigo el otro día y el amigo de antes. Siempre me había preguntado cómo pueden los matrimonios veteranos, que se conocen tan íntimamente, ser tan desconocidos el uno para el otro. Es como si hubiera dos planos de la realidad. Fíjate: decía que me siento sabia, y continúo tan ignorante como siempre. Eso sí: me encuentro guapa. Me miro rato y rato en el espejo, me toco, y me gusto. Esta especie de belleza que tengo ahora no es mía: me la ha dado Oriol. ¡Hostia, a la mínima que me despisto, vuelvo a pensar en él! Suerte que se acercan los exámenes –¡qué paradoja!; ¿suerte de los exámenes?–, porque, si no, acabaría pánfila perdida.

Además, está lo del concurso de mi hermano. Ahora es toda una celebridad, y no sólo en el barrio. Hasta se publican chistes sobre él en los periódicos. Todo el mundo habla de él. Los viejos están estupefactos, como si nunca en su vida hubiesen esperado decir: «¿Ves? Aquél es mi hijo». Debe de parecerles muy agradable eso de tener un hijo famoso. En cambio, él está como siempre: callado, reconcentrado, receloso... Ha venido a casa su profesor de piano, y lo ha elogiado de una manera que a mí me ha parecido desproporcionada –y que conste que no siento ni pizca de envidia, ¿eh?–, y ha dicho que sabe mucho más de lo que él creía haberle transmitido. Que eso sólo se explica porque tiene un oído excepcional, capaz de grabarlo todo. Una especie de fenómeno. Ya ves, y lo descubren ahora... Pero a él no se le ve nada feliz.

A ver si lo he perdido, porque siempre me anoto las respuestas... ¡Aquí está! Hace tres viernes, es decir, el 21 de febrero, que era su quinta semana de concurso, contestó a las cuatro preguntas perfectamente: la *Balada para piano número 2*, de Liszt, interpretada por Aldo Ciccolini; un fragmento de *Las bodas de Fígaro*, de Mozart, por la Orquesta de la BBC; una sonata para flauta, en la menor, de Bach, interpretada por Jean-Pierre Rampal, y un fragmento de la sinfonía *Heroica* de Beethoven, a cargo de la Orquesta Filarmónica de Berlín. Cuando acabó, el propio presentador se quedó sin respiración. ¿Será realmente un genio, mi hermano? Porque eso de saberse hasta las orquestas... Bueno, pues eso no es nada: el muy insensato se volvió a jugar el dinero –un millón seiscientas mil pesetas–, y el presentador dijo que era la primera vez en la historia del concurso que alguien llegaba a la sexta semana.

Pues bien, ¡el viernes día 28 volvió a acertar las cuatro! Increíble, pero cierto. El director del programa estuvo luego una hora hablando con él, intentando averiguar cómo sabe tanto de música, pero él, según nos ha contado, sólo le dijo la verdad: que él mismo no sabe cómo. Que escucha siempre Catalunya Música –¡eso de «siempre»...!– y que tiene mucha retentiva para todo lo que oye. Esta vez respondió: el *Magnificat*, de Bach, por el Collegium Aureum (más adelante tendrá que decir también el nombre de los cantantes... ¡Es literalmente imposible!); las *Cançons negres*, de Xavier Montsalvatge; *Sansón y Dalila* de Saint-Saëns, a cargo de la Orquesta de la Ópera de París, y *Los preludios*, poema sinfónico número 3 de Liszt, interpretado por la Orquesta Filarmónica de Viena. Al acabar, el público se puso en pie y le dedicó una ovación espontánea, como nunca se había visto en televisión. Ahora ya tiene tres millones doscientas mil pesetas. A este chico tiene que obligársele a abandonar de una vez.

17 DE MARZO

No puedo escribir mucho. ¡Estoy en plenos exámenes! Este año, Semana Santa cae muy pronto, y, para entonces, todos queremos dejar lista la segunda evaluación. Así es posible que nos permitan hacer las recuperaciones en seguida, y no en junio. De momento sólo hemos hecho el de bio, que me ha ido regular, aunque creo que lo aprobaré. Tengo un disgusto muy grande con la química. Si me la saco, será por los pelos. ¡Hostia, es que apenas he estudiado! Oriol siempre dice: «Va, una horita, y luego volvemos a estudiar», pero la horita se transforma en dos o tres, y toda una tarde a la porra. Tengo que tener fuerza de voluntad, porque así no me sacaré nada. Qué desastre. En cambio, el de inglés era facilísimo. Pero la muy cabrona nos ha puesto un suficiente a todos, excepto a Carola, que ha sacado un notable. Suerte que la lengua es pan comido, que si no...

José Luis ha vuelto a ganar.

Pasa algo raro, porque se comporta como si estuviera enfermo, y en casa hay un ambiente tenso, porque la cosa empezó como un juego, y ahora se trata de una fortuna. Papá ha tenido una larga conversación con él, y él se ha puesto muy nervioso, porque insiste en decir que no sabe cómo lo sabe. Que, al oír la música, le vienen el título y el nombre de los intérpretes a la memoria, y no sabe por qué. Esta historia se ha desorbitado. Por ejemplo, mis exámenes no interesan a nadie. Ni se han dado cuenta de que estoy hasta el cuello. Sólo están pendientes del concurso.

El viernes día 7 también supo las cuatro respuestas, que eran: *La serva padrona*, de Pergolesi, por la Orquesta de los Pomerigi Musicale, con las voces de Leonardo Monreale y Mariella Andani; un cuarteto para piano y cuerda de un compositor llamado Aaron Copland (?), con el Trío de Cuerda de París; el cuadro sinfónico *Finlandia*, de Sibelius, por la Orquesta Sinfónica de Bournemouth, y, finalmente, el *Concierto italiano para clavicémbalo*, de Bach, con la interpretación de Wanda Landowska. El presentador estaba desconcertado. Realmente, parece im-

posible que un crío de trece años sepa estas cuatro piezas
–¡intérpretes incluidos!–. E intentaron presentarlo como a
un genio, pero estaban recelosos de él. Tengo la impresión de que esto va a acabar mal. Son ya seis millones
cuatrocientas mil pesetas. No sé, pero es como si no fuera
natural...

Pues bien –¡hostia, qué hora es!, tengo que ponerme
a estudiar en seguida–, el día 14 le pusieron –ellos mismos lo dijeron– unas piezas dificilísimas, y vaciló un buen
rato con cada una, pero al final respondió sin ningún
error. Eran: una pieza para clavicémbalo de un tal Diedrich Buxtehude, interpretada por Huguette Grémy-Chauliac; *Hansel y Gretel*, de Engelbert Humperdinck, con
la voz de Elisabeth Schwarzkpof, dirigida por Von Karajan; la misa *O quam gloriosum est regnum*, de Tomás Luis de
Victoria, con la coral Saint John del College de Cambridge, y *Mignon*, una ópera bufa de Ambroise Thomas, con
las voces de Marilyn Horne y Ruth Welting, por la Orquesta Filarmónica de Londres, dirigida por Antonio de
Almeida.

El público se quedó pasmado mirando a José Luis. A
él le temblaba la voz. Como si estuviera enfermo o asustado. El presentador, después de felicitarlo, dijo que, previamente, habían probado estas piezas con auténticos profesionales, y que sólo conocían dos de las cuatro. Lo
proclamó campeón. Anunció que doce millones ochocientas mil pesetas era el máximo que el programa podía
ofrecer, pero que, a la vista de un caso tan especial, el
programa aguantaría otra semana más si él no se retiraba. Y que le aconsejaba hacerlo, porque las cuatro preguntas de la semana siguiente serían imposibles de responder. ¡Y José Luis dijo que sí, que quería continuar!

En casa ha habido una especie de sesión turbia, enrarecida. Papá estaba como demudado, y miraba a José

Luis con una extraña curiosidad. Lo ha reñido de lo lindo por querer continuar, y le ha reprochado que, por culpa suya, van a perder una fortuna. Y él, callado. Papá, cada vez más irritado, ha perdido la paciencia y le ha pegado, mientras gritaba, fuera de sí: «¡Contesta! ¡Contesta!». Él se ha puesto a llorar y ha seguido sin decir ni pío. «¿No te das cuenta, imbécil, de que se trata de mucho dinero? ¿Por qué no te has retirado? ¡El viernes que viene lo perderemos todo!» Entonces, José Luis lo ha mirado... ¡Madre mía, qué mirada!... Hasta a papá le ha dado miedo. Y, con una voz desgarrada, le ha dicho: «Si acaso, lo perderé yo». Y mamá se ha metido por medio, gritando: «¡Carlos, Carlos, déjalo! ¡No te excites! ¡Déjalo correr!». El dinero lo envenena todo. Yo también quisiera saber qué pasa por la cabeza de José Luis, pero es inútil preguntárselo. Además, tengo la tira de exámenes, y he de procurar por mí.

20 DE MARZO

Sólo me falta el de filo, que no me da ningún respeto. Total, siempre pone comentarios de texto... He aprobado las mates –¡hurra!–, pero he sacado un suficiente pelado en química y en bio. ¡Y he suspendido lengua! La profe me ha preguntado si tengo algún problema en casa. Porque todo el mundo sabe lo de José Luis. Se comenta en todas partes, y en cambio, en casa, están como angustiados. Yo, con la profe de lengua, podría haberme aprovechado de esta circunstancia –¿hay algo que impresione más que ganar mucha pasta a la vista del público?–, pero me ha parecido una bajeza, así que le he dicho la verdad: que este trimestre me he confiado un poco. Pero que lo recuperaré. Me ha propuesto unas lecturas para las vacaciones de Pascua.

A Oriol todo le ha ido bien. Estudia menos que yo, pero tiene muchísima potra. Por ejemplo, de química no se sabía ni la mitad del temario, pero todas las preguntas que cayeron eran de la parte que se sabía. Tiene suerte en todo. Lo hemos celebrado los dos solos, porque este trimestre nadie ha propuesto hacer una cena. Además, a mí ahora me miran como si fuera una extraterrestre, por eso de mi hermano. Estoy hasta las narices de esta historia.

Bueno, mañana viernes, José Luis lo habrá perdido todo. Papá y mamá sentirán una ira y un dolor inmensos, y se lo harán pagar a él. Eso está clarísimo. Porque los del programa lo dejaron bien claro: le pondrán unas piezas que no podrá reconocer, porque, como dijo el presentador, escogerán grabaciones que no están al alcance de la mayoría y que ni las emisoras de radio tienen. Por eso papá estaba tan furioso. ¡Tirar una fortuna por la ventana con esa alegría...! Realmente, sabe mal. Pero José Luis tiene razón: el dinero es suyo y de nadie más.

Ayer vinieron a casa dos señores del programa de la tele, que querían hablar con mis padres. Yo no tenía clase, porque nos habían dado fiesta después del examen de bio, pero José Luis estaba en el colegio. Desde mi habitación no oía lo que decían, pero me di cuenta de que parecían preocupados. Luego los oí entrar en la habitación de José Luis, y se ve que estuvieron mirando las cintas que tiene. «¿Sólo esto?», oí que decían, porque la verdad es que sólo tiene cuatro chuminadas. Yo misma me extrañé cuando, una de las semanas, el presentador le preguntó cómo sabía tanto, y él contestó que grababa muchas cosas de las emisoras, porque sé que sólo tiene siete u ocho cintas. Los tipos aquellos del concurso, que esperaban encontrar una discoteca completísima, se extrañaron mucho, y papá y mamá estaban muy alterados (papá había venido expresamente del despacho por esta visita). Oí que papá preguntaba si, siendo José Luis menor, no podían sus padres retirarlo del programa. Dijeron que no, que sería dar la campanada, y el programa quedaría fatal, porque él ya había aceptado seguir adelante y, en todo caso, tendría que ser él mismo quien se retirara. O tirar por la vía legal, y quedar todos mal. «El programa no pagaría ni un duro, porque él ya ha aceptado continuar», dijeron. Entonces papá preguntó qué significaba eso de que sólo se cobraba la mitad de la cantidad anunciada –para mí, era la primera noticia; lo debían haber hablado papá y José Luis cuando yo no estaba en casa–, y aquellos dos hombres le dijeron que de dónde había sacado eso, y que todo aquello olía mal. Entonces papá se enfadó y les dijo que la nuestra era una casa digna y una familia digna, y que si querían insultarnos sólo para ahorrarse su sucio dinero, él sabía a qué puertas llamar para armar un buen escándalo.

¡Hostia, tú, menudo drama! Pero es que, si esta vez también acertara, José Luis se llevaría veinticinco millones seiscientas mil pesetas...

Yo, en su lugar, no me habría metido en este lío. Hay algo siniestro en este asunto que no acabo de ver. Y, por lo visto, no soy la única: todo el mundo dice lo mismo. Ayer me dolió un chiste del periódico que hablaba de un extraterrestre que le soplaba las respuestas a mi hermano...

He intentado hablar con él, pero ha estado muy agresivo, muy violento. No paraba de decir: «¡Déjame, déjame!».

Total, que nadie ha vuelto a hablar del viaje a Venecia. Ni siquiera mamá ha vuelto a pensar en ello. El brillo del dinero deslumbra a la gente. Y mis padres han puesto de manifiesto toda la avidez que, por educación, llevaban escondida dentro. Mañana, cuando José Luis pierda, lo matan. Todo el mundo le ha aconsejado que se retire. Hasta los responsables del programa le han dicho que más vale que se retire ahora con dignidad. Él calla y dice que no, que quiere continuar. Es para ponerse enfermo.

22 DE MARZO

Han empezado las vacaciones. Oriol y yo hemos vuelto a hacer el amor. No ha sido como la primera vez, pero sí ha sido más completo. Yo era más consciente. Después, ¡qué rabia!, tiene que irse al pueblo a ver a sus abuelos. Y no le queda más remedio. Me sentiré muy sola.

Contra todo pronóstico, José Luis ha vuelto a ganar, y le han hecho entrega ante la cámara del talón por valor de veinticinco millones seiscientas mil pesetas. Ha salido el director del programa y ha pronunciado todo un discurso. Ha dicho que habían escogido cuatro composiciones que de ninguna manera pudiera conocer José Luis. Y que son los primeros en felicitarlo, pero que el programa deja de emitirse. Ha venido a decir algo así como que mi hermano había hecho saltar la banca.

Las cuatro piezas eran realmente difíciles: el *Cuarteto para cuerda número 14* de Beethoven, interpretado por el Quartet Vlách, una grabación que ya no se encuentra en el mercado; una de las once *Klavierstücke* para piano, con el pianista Aloys Kontarsky, una grabación, hoy por hoy, rarísima; una versión de la ópera *Anna Bolena*, de Donizzeti, con las intervenciones de Beverly Sills, Shirley

Verrett, Stuart Burrows y Paul Plishka, acompañados por la Orquesta Sinfónica de Londres y la Coral John Alldis, dirigida por Julius Rudel (disco también agotado y que la televisión consiguió a través de un coleccionista), y, finalmente, otro disco también desaparecido: la opereta *Ba-ta-clan*, de Jacques Offenbach, interpretada por Huguette Boulangeot, Raymond Amade, Rémy Corazza, René Terrasson y Jean Desailly, con la Orquesta Jean-François Paillard, dirigida por Marcel Couraud. Todos estos discos habían sido buscados para que él no los conociera.

Cuando ha acabado de contestar, el presentador ha dicho que no sabía qué decir, pero que ninguno de aquellos cuatro discos podía tenerlo Catalunya Música ni ninguna emisora normal (las bases del programa dicen que deben ser discos grabados, y ningún otro tipo de fuente). Que son verdaderas rarezas, y que José Luis parece más un adivino que un experto.

Y entonces ha pasado algo sorprendente: ha salido un pianista y ha interpretado unas cuantas melodías al piano, de esas que todo el mundo conoce, aunque no sepa el título. Le han dicho que aquello era fuera de concurso, pero que el programa tenía curiosidad por ver cómo reaccionaba. Y, José Luis, estas melodías facilísimas no las ha sabido. A mí me han entrado ganas de llorar, porque cuando él decía, lleno de rabia, que no tenía por qué contestar, se ha hecho un silencio enorme: era evidente que no lo sabía. Y, por tanto, era evidente que había habido trampa, aunque nadie pueda explicarse qué clase de trampa. En casa, el aire es tan denso que podría cortarse...

26 DE MARZO

Estoy contentísima, porque en casa, con todo el follón del concurso de José Luis, ni se ha vuelto a hablar de hacer un viaje, y eso que tanto me habría fastidiado antes –toda una semana encerrada en casa, como siempre–, ahora ha sido una suerte. Porque resulta que la familia de Oriol tampoco ha podido irse, porque su hermana ha tenido una niña antes de lo previsto.

Hemos ido los dos a verla a la clínica. ¡Es tan preciosa! Me la han dejado coger en brazos. Yo no me acuerdo de cuando nació José Luis, y en la familia no hay ningún bebé. Pero es que este es precioso. ¡Tiene unas manitas! Te la comerías a besos... Oriol le ha regalado una pulserita de oro, una simple cadenita, pero tan minúscula que parece de muñeca. Yo le he llevado sólo unas violetas, pero hacían gracia, porque eran tempranas, y su hermana, que se llama Ana, ha dicho que las violetas le encantan. En la clínica he conocido a sus padres, que me han tratado con toda naturalidad, y también he conocido a su cuñado, el marido de Ana, y parece un tío muy majo. A Oriol se le cae la baba con la cría.

Así que tengo toda la Semana Santa para salir con él, aunque él ahora tendrá que hacer una vida más familiar, pero como yo les he caído bien, no pasa nada si voy a su casa. También estudiaré un poco, porque este último trimestre ha sido un desastre.

En casa hay un mal rollo que tumba de espaldas. Los del programa se han vuelto a poner en contacto con mis padres y han dicho que, de momento, no pueden cobrar el talón, porque primero quieren hacer una investigación. Papá ha sometido a un auténtico interrogatorio a José Luis, y él se limita a llorar y a decir que no se encuentra bien. Creo que está muy acojonado y que realmente ha habido algo irregular, pero no puedo imaginarme qué. Todo es muy sospechoso. Y en casa están nerviosos y hay como electricidad en el aire. Prefiero estar en casa de Oriol, donde no paran de hacerle fiestas a la niña y todos están contentos. Le han puesto Patricia, pero ya la llaman Pati. La hermana de Oriol pasará unos días en casa de sus padres cuando le den el alta en la clínica, y eso los ha hecho muy felices. Oriol se hace el duro y dice que, si la niña no le deja dormir por las noches, la tira al váter. Pero se le cae la baba, como a todos.

Quien sí se ha marchado es la familia de Laia. E Ignacio ha dicho que a mí sola no me da clases, que ya las reanudaremos cuando Laia vuelva. Le he ofrecido pagarle un poco más, pero dice que él también quiere hacer vacaciones. ¡Qué le vamos a hacer! La madre de Laia es toda una señora. Tiene muchísima clase, y es de esas personas que saben «estar» en cualquier sitio. A mí me trata de un modo muy distinto a como me tratan en casa. Te sientes respetada. La otra tarde, que llegué antes de tiempo y Laia aún no estaba, estuvimos charlando un rato. Es una mujer muy culta y ha leído mucho más que yo. No entiendo cómo Laia puede ser tan tontita, teniendo una madre de esta categoría. Después le comenté que su madre me había impresionado mucho, y va y me dice que es la persona más falsa del mundo, que no te puedes fiar de ella ni un pelo. Y que ella una vez había tenido la debilidad de explicarle algunas intimidades, y después las había utilizado en su contra. Y que eso de la cultura era tan falso como lo demás. Que sólo sabía lo que estaba de moda –libros, espectáculos y cosas así– para quedar bien en sociedad, pero que es frívola, superficial y egoísta.

Está claro que el sistema familiar no funciona. No

conozco a nadie, pero a nadie, que esté a gusto con sus padres. Para todos nosotros, la casa es una prisión, y los padres, los carceleros. Y todo el mundo se muere de ganas de perderlos de vista. Y, claro, no pueden ser todos malos; por tanto, es que hay algo que falla.

Yo creo –y esto se me ha ocurrido viendo cómo tratan a José Luis– que, cuando nacemos, mientras somos frágiles y encantadores como Patricia, se mueren por nosotros, y nos miman, y darían la vida por nosotros. Y el niño no se da cuenta de esta adoración. Pero cuando crecemos y sí nos damos cuenta, y necesitamos como algo vital el afecto de nuestros padres, justo en ese momento –a los siete años o así– dejan automáticamente de mimarnos, se dedican a controlarnos y nos miran como a un error de la naturaleza, porque no somos ni tan perfectos ni tan encantadores como ellos habían soñado. Es una contradicción, pero es así: nos dan afecto cuando no lo necesitamos, y nos lo niegan cuando lo necesitamos con urgencia.

Por ejemplo, respecto a lo de José Luis, si ha hecho algo malo, yo creo que deberían decírselo, que deberían hacérselo comprender y corregirlo; pero todas las amenazas, la especie de persecución psicológica de que es objeto, no llevan a ninguna parte y sólo hacen que él se cierre cada vez más en banda.

2 DE ABRIL

Estábamos el otro día en casa de Oriol, con Ana y la pequeña Pati, y la madre daba el pecho a la niña. Era una escena enternecedora, y, al salir, se lo comenté a Oriol. Y va y me sale con que eso es la esencia de la feminidad. Que, queramos o no, las mujeres estamos hechas para ser madres, y que ninguna mujer es completa hasta que tiene hijos. Que contra la naturaleza no valen teorías. Me alarmó muchísimo el tono en que lo decía. «¿Tú has visto la cara de Ana, mientras la niña mamaba?» Sí, la había visto, y estaba extasiada, lo que me parece muy bien. Además, no tengo nada contra la maternidad en general, pero de eso a decir que la esencia de la feminidad es la maternidad... Le pregunté si él creía que la esencia de la masculinidad era la paternidad, y dijo rotundamente que no; que existen, sí, unas inclinaciones naturales a reproducirse, pero que para el hombre eso es un accidente –importantísimo en todo caso–, pero sólo eso: un accidente en su trayectoria como persona. Y que las mujeres podemos –y por suerte añadió que tenemos todo el derecho– trabajar, acceder a todos los puestos de trabajo, y que tenemos razón al decir que estamos capacitadas para desempeñar cualquier labor, pero, eso sí, siempre que la profesión no intercepte nuestra función de madres. Puntualizó que él también estaba en contra de que sólo nos dedicáramos a la casa, y dijo que la naturaleza no nos había marcado para eso, que eran sólo prejuicios fruto de la costumbre, porque no hay ningún rasgo natural que nos capacite realmente para fregar platos –¡hombre, gracias!–, pero que la maternidad sí está escrita en nuestro código genético.

La discusión la ganó él. Seguramente porque, aunque tenga una cosa muy clara, no sé discutir demasiado bien. En primer lugar, porque me acaloro, y, en segundo, porque los contraargumentos se me ocurren después.

Pero me impresiona mucho que un tío tan fantástico como Oriol tenga estas ideas del siglo pasado. Me da la sensación –porque, claro, una cosa lleva a la otra, y de la maternidad pasamos a la pareja– de que yo, para él, soy como un fragmento de un tapiz donde él va tejiendo su vida. Un fragmento muy especial, si quieres, pero sólo un fragmento. En cambio, él para mí no es la parte de un todo, sino un todo en sí mismo. No es que yo haga jerarquías y diga: los estudios, tantos puntos; el amor, tantos otros; el trabajo que tendré algún día, tanto más... sino que veo cada una de estas cosas como las diversas facetas de la vida, que sólo han de anteponerse unas a otras en caso de conflicto. Es, no sé cómo decirlo... como si yo para Oriol fuese una parte del *ocio,* mientras que el negocio son las cosas serias. Él dice que lo que pasa es que las mujeres somos más emotivas y que anteponemos los afectos a todo lo demás.

Yo no sé nada de nada, pero me he sentido menospreciada, como si toda yo fuese una cosa secundaria para él. Y he mirado a Oriol con otros ojos.

4 DE ABRIL

¡Madre mía, qué escándalo! ¡Resulta que, al fin, José Luis ha cantado! Papá lo presionaba tanto, que tarde o temprano tenía que explotar. Sí hizo trampa —a estas alturas, lo teníamos todos clarísimo—. Se ve que tiene un compañero de colegio cuyo hermano trabaja en televisión. Y este chico —sólo tiene dos años más que yo— es el que hace con Letraset los rótulos que aparecen sobreimpresos en la pantalla. En el concurso de música, el público lee las respuestas mientras el concursante piensa. Y, claro, tienen que hacer los rótulos antes. Normalmente se hacen por ordenador, pero este programa es de bajo presupuesto, y tienen que hacerlo letra por letra, y una cámara, cuando conviene, lo sobrepone a la imagen. Bueno, pues este chico fue quien tuvo la idea, y le propuso a su hermano que participara en el concurso, pero tenía que dar sus datos, y en seguida se hubiera descubierto la trampa por la coincidencia de apellidos. Además, el chaval es absolutamente analfabeto en música, y, en caso de haber tenido que improvisar algo, no habría sabido qué decir. Así que pensaron decírselo a mi hermano, que sí sabe de música –aunque no tanto como creíamos–. Luego tenían que repartirse el premio, y eso es lo que preocupaba tanto a José Luis. ¿Cómo explicar en casa que sólo podían contar con la mitad?

A este chico que trabaja en televisión le daban las respuestas minutos antes de empezar a grabar. Entonces, él las copiaba disimuladamente en un papel –por lo visto, había sido un genio de las chuletas–, lo envolvía en un plástico y lo dejaba en la cisterna del lavabo de invitados. José Luis iba al váter, sacaba el papel, memorizaba las respuestas y luego lo rompía en trocitos y lo tiraba al inodoro. Un tirón de cadena, y ya no quedaba ni rastro.

Cuando papá le ha arrancado todo esto a fuerza de acorralarlo, ha reaccionado de una forma muy extraña. En vez de explicarle que eso no está bien e intentar evitar que la televisión lo denuncie, le ha hablado con mucha cautela y le ha dicho que no tiene que contárselo a nadie, «pero a nadie del mundo», y que lo deje en sus manos, a ver si puede salvar la pasta. Yo me he quedado de una pieza: no sólo lo estaba estimulando a hacer trampas en la vida, sino que le demostraba que, mientras haya dinero de por medio, tendrá a su padre a su lado. A mí me ha parecido vomitivo.

Pues bien, estando papá al corriente de todo, han vuelto a venir los del programa y le han dicho a papá que la investigación aún no ha acabado, pero que están seguros de que ha habido trampa y que invalidan el pago del talón. Y papá se ha puesto chulo y ha dicho que los llevará a los tribunales si buscan excusas para no pagar. Que está por medio el notario, que ha dado fe del concurso, y que removerá cielo y tierra con tal de hacerlos pagar. Ha sido una discusión que ponía la carne de gallina. Y cuando los de televisión se han ido, papá se ha comportado como si fuera Rambo y le ha dicho a José Luis, con un tono muy protector y paternal, que los hombres deben saber luchar. Una auténtica inmoralidad. Un robo. Un fraude. Y, además, un riesgo. Mejor hubiera sido confesar la verdad, renunciar al dinero y rogar a los de televisión que no emprendieran ninguna acción legal contra José Luis. Pues no. Y, para colmo, han telefoneado a la familia de esos dos hermanos –que también lo sabían– y han quedado en verse para «discutir entre todos la jugada».

He sentido un asco terrible. Papá no tiene solución –y la boba de mamá no ha abierto la boca–, ¡pero adiestrar así a un chaval de trece años!...

Yo he estado un buen rato hablando con él, intentando hacerle reflexionar. Le decía: «Bepo –le llamaba así cuando era pequeño, hasta que me lo prohibió porque era de críos, pero me costó mucho desacostumbrarme, y aún se me escapa algunas veces, cuando estamos solos–, ¿tú te das cuenta de que eso que has hecho es robar?». Y él ha dicho que el único problema era tener que pagar la mitad, y que por eso ha cantado, pero que aún así es mucha pasta. Que sólo las personas inteligentes pueden hacer dinero, y que los desgraciados nunca en la vida consiguen un duro de más. Le he dado un sermón –yo creo que muy bien dado–, pero él me miraba como si me hubiese vuelto loca. «Cuando alguien tiene dinero, nadie le pregunta de dónde lo ha sacado. Y no hay ningún rico que se haya hecho rico sin hacer cosas que, según tú, son inmorales.» Y ha añadido que soy una ingenua y una pánfila, y que siempre seré una don nadie. Dice que está muy orgulloso de papá, que ha estado a su lado en los momentos difíciles. «¿A tu lado? –le he dicho–. ¿Eres imbécil o qué? Ha estado al lado de los millones. Más culpable es él que tú, porque tú eres un cabeza hueca y un estúpido.» Y, con estos insultos, todo mi maravilloso sermón se ha ido al carajo.

El domingo que viene se reúnen los padres de esos chicos y los míos. «Ya verás como llegamos a un acuerdo y, si nos hacemos fuertes, los de televisión no podrán hacer nada», ha dicho papá. Es decir, robar es bueno siempre que no te cojan. Mamá se limita a decir que le da miedo, pero no porque lo vea mal, sino por si llegara a saberse...

Todos me dan asco.

8 DE ABRIL

Todo este afán de dinero que veo a mi alrededor, ¿de dónde viene? Sí, ya sé que con el dinero puedes comprarlo casi todo. Pero yo sé que las cosas que más deseo en este mundo no están en venta: aprobar el curso, tener buen tipo, que Oriol me quiera... Y eso que deseo cosas que sí se compran, pero no tanto como las otras.

Yo creo que tenemos un cerebro potentísimo, y sólo sabemos utilizar una mínima parte, pero, aun así, como es una máquina muy voraz, necesita alimento continuamente. Cuando no se lo dan, se aburre. Y de ahí el alcohol y las drogas –para adormecer el cerebro y que no reclame tanto–, los espectáculos pasivos, como la televisión o el fútbol –para distraer el cerebro–, y todos los objetos que ayuden a matar el tiempo. Por eso se sobrevalora el dinero: es el medio de distraer y adormecer la máquina del cerebro.

Pero me doy cuenta de que este argumento mío tiene algunos fallos y no acaba de funcionar. Por ejemplo, yo querría tener mucha ropa, y eso no sirve para distraer al cerebro, sino para presumir.

¡Ostras, me he quedado trabada, y ahora no sé cómo acabar!...

16 DE ABRIL

Nunca, nunca en toda mi vida había estado tan desconcertada como estoy ahora. Bueno, la palabra no es «desconcertada», sino angustiada, perpleja... Hecha un lío, vaya.

Ya no entiendo nada. Ni siquiera sé qué está bien y qué está mal (por mucho que me pareciera perfecta la moral kantiana que hemos dado en filo). Y, además, me siento totalmente incapaz de explicárselo a nadie. Quiero a Oriol, aunque seamos tan diferentes, pero una cosa así no se la explicaré. No sé por qué, pero sencillamente no puedo. Además, su reacción no me hará ningún bien. Como el otro día que, después de pensarlo mucho y de hacer muchos esfuerzos –¿por qué he de ser tan cerrada?– le dije que escribía un diario. Era como compartir con él algo muy mío. Pues fue y se echó a reír. Y dijo que ya no tengo edad para hacer estas tonterías, y se puso muy tierno, pero en plan idiota, hablándome como si fuera una cría pequeña: «¡Mi Raquel, un diario! Va, chata, no te enfades, que te pones fea», y chorradas parecidas. Así, de superior a inferior, de persona madura a criatura. Yo le dije que nunca le explicaría nada mío. Y que era tan ignorante, que no sabía que ha habido grandes escritores que han escrito diarios. Y va y me lo niega. Y dice que eso no son «diarios», sino «dietarios», y con esta imbecilidad nos pasamos una hora discutiendo. Yo le cité unos cuantos autores –bueno, sólo dos: Marià Manent y Josep Maria Castellet– que han publicado sus diarios, y, como se quedó sin argumentos (porque lo que yo hago también es un «dietario», ¿no?), dijo que hiciese lo que me diera la gana y que, al fin y al cabo, los diarios sólo los hacen las chicas. «Y eso ¿cómo lo sabes? ¿Has hecho una encuesta?» Y entonces él me preguntó si conocía algún chico que lo hiciera, y yo, claro, no conozco ninguno. «Las mujeres sois más sentimentales y necesitáis desahogaros con algo. Y más tú, que eres tan introvertida. Pero los tíos pasamos de eso.» A mí eso me sonó a tópico tronadísimo: esto es de chica, y esto otro, de chico... ¿Por qué? ¿Quién lo ha decretado? ¡Ah, misterio!... ¡Y dicen que ya somos iguales! ¡Que nos educan del mismo modo! ¡Y un jamón!

Por eso, aunque continuamos saliendo y a veces estemos muy unidos, no le cuento mis cosas. ¿Para qué? Él va de protector por la vida. Del lío en casa con toda aquella mierda del concurso de televisión no le dije ni palabra, y no por falta de confianza, sino porque me daba una vergüenza inmensa explicar lo inmoral que llega a ser mi familia. Y, además, porque se lo prometí a papá, que nos dijo, muy solemne: «Y, de esto, ni una palabra a nadie, ¿lo habéis entendido?». Código moral paterno: robar sólo es malo si te pescan. ¿Qué diferencia hay entre mi padre y los padres de la Mina.[3] –bueno,

---

3. Barrio marginal, situado en el área metropolitana de Barcelo-

algunos– que animan a sus hijos a robar? ¿Qué diferencia hay entre el *Vaquilla*[4] y José Luis, por ejemplo? Ninguna, pero unos permanecen impunes, y otros son carne de presidio desde que nacen, y tarde o temprano caen. Yo, antes, cuando era mucho más joven que ahora, me preguntaba qué haría si me encontrara ante la posibilidad de cometer un delito –pero algo fuerte, como matar a alguien o robar a una persona modesta– con la seguridad de que nadie lo descubriría nunca. Y, de hecho, no sé qué haría. Pero, eso sí, depende de si alguien fuera a salir perjudicado, y por eso, lo de matar, sí lo tengo descartado. Y no es que crea que los de televisión tengan que salir perdiendo, total, por unos millones que para ellos no significan nada y que, además, son de todos; ellos ya nos roban a nosotros todo lo que pueden. Pero existe el sentido íntimo de la ética, y eso es lo que fundamenta al ser humano. Ahora, en clase de filo, vamos por Kant, y a mí, eso del «imperativo categórico» me encanta. Pero es que me gustan todos los sistemas éticos que no tienen nada que ver con la religión. Con la religión, no, porque en el fondo siempre hay, más o menos sutilmente, un cierto mercantilismo: yo me porto bien, a cambio de que tú me des el cielo –o lo que sea–, no porque realmente crea que debo hacerlo...

En fin. Pero se han tenido que joder, porque al final el dinero se les ha escapado de las manos. Después de todo, no son tan listos como creen. Y, ¡qué puñetas!, más

na, famoso por registrar uno de los índices de delincuencia más elevados de la ciudad. *(N. de la T.)*

4. Legendario delincuente barcelonés cuya vida ha inspirado varias películas, algunas de las cuales protagonizó, y que actualmente se encuentra preso en la cárcel Modelo de Barcelona. Al parecer, aprovecha su condena para estudiar la carrera de derecho a distancia, como en su día hiciera el también legendario Lute. *(N. de la T.)*

mérito tiene el *Vaquilla,* que se la juega para cometer un atraco. Los de televisión han ido dándole vueltas, hasta deducir que era el chico de los rótulos, que se llama Ramón, y lo han presionado y lo han amenazado hasta hacerlo cantar. Naturalmente, lo han despedido, pero, por miedo a un escándalo, no lo han denunciado. Y con papá han hecho lo mismo: se ha quedado sin la pasta, y a cerrar el pico, porque, si se oponía, denunciaban el fraude, y, siendo José Luis un menor y habiéndolo encubierto su padre, él también se la jugaba. Han tenido que renunciar al premio. Y encima se comportan como si alguien los hubiese estafado. Y mamá no para de sollozar, diciendo que cómo explicaremos ahora que no hemos cobrado nada...

Tengo unas ganas locas de irme de esta casa. Pero ya no, como antes, porque me controlen, porque me priven de mi libertad, sino simplemente porque no me gustan. Antes quería que me entendieran. Ahora prefiero que no me entiendan. Porque, si no, sería como son ellos. Y eso, nunca.

Con Oriana tampoco he comentado nada, porque nos hemos distanciado bastante. En primer lugar, por culpa mía, desde que empecé a salir con Oriol; y, en segundo lugar, por ella, que sale con un tío... ¡Hostia, pero si es un pureta! Tiene treinta y cinco años, y está separado de la mujer, sin hijos. Al lado de Oriana parece su padre. Ella dice que siempre le han gustado los hombres maduros, y que éste es un hombre estupendo. Pero a mí, no sé, me da la impresión de que es de otro planeta. Y ella ha cambiado. Se la ve más formal, e incluso estudia más, y lleva una vida más independiente, como marcharse fuera el fin de semana con Dani –así se llama su compañero–, salir con matrimonios amigos de él y todo eso. Me alegro por ella, porque se la ve más centrada, pero estamos más distanciadas. Por ejemplo, la última vez que hablamos me dijo que tenía ganas de tener un hijo. Hostia, ¿ves? Como si fuese de otro planeta. Claro que ella tiene veinte años... Aunque lo que tengo muy claro es que cada uno ha de hacer su vida, y si a ella le va bien así, pues bien que hace. Pero no creo que continúe estudiando.

De lo de papá no puedo hablar con nadie, ni aunque reuniera el valor para hacerlo. ¡Y estoy tan desconcertada...! (¡Coño con la palabrita!) En momentos como éste es cuando más echo de menos a Montse. Aunque me siento vil, porque ahora ya casi no pienso nunca en ella...

Fue el jueves pasado. Yo volvía de un partido de baloncesto –por cierto, soy muy buena como alero, y ese jueves estuve genial; además, me va de narices para conservar la figura, porque hacer siempre régimen es un auténtico suplicio–, y antes había pasado por la piscina, porque me gustan más las duchas que tienen en la piscina que esas infectas que tenemos en el instituto. Y volvía para casa, muy contenta con el partido, con el pelo mojado y esa sensación de frescor, de sano cansancio, que tienes después de un ejercicio duro, caminando despacio, recreándome en las cosas. Me paraba delante de los escaparates, sin intención de comprar nada, y, de vez en cuando, pensaba en Oriol y en cómo me gusta que me toque y me bese, aunque a veces lo mataría, como cuando se hace el superior y el protector. Y en esas que me paro en un escaparate a mirar unas faldas guapísimas, muy primaverales, largas, de colores pastel.

Pues bien, al lado de este escaparate había un bar de esos que hay que bajar dos o tres escalones, y las mesas están separadas por unos tabiques de madera no muy altos. Como hacía tan buen tiempo, el bar tenía la puerta abierta, y eso que miras sin mirar, y vi a mi padre dentro. Estaba sentado de cara a la puerta y miraba hacia mí, pero con la mirada perdida. No sé por qué resorte interior, volví la cara en seguida. Y entonces caí en la cuenta de que no estaba solo. Con mucha precaución y haciendo ver que estaba absorta en las faldas, volví a mirar. Estaba con una tía. Le rodeaba los hombros con el brazo, y ella leía algo, y, mientras ella leía, él dejaba vagar la mirada. Era una tía a la que no había visto nunca. En seguida, ella levantó la cara y le dijo algo a papá, señalando el papel que leía, y él se inclinó hacia ella, para leer lo que le indicaba, y entonces le dio un beso en la boca, fugaz, y ella se apartó un poco, sonriendo, y le dijo –supongo– que allí no (bueno, al menos es lo que yo le digo a Oriol cuando me quiere besar en público y a mí me da vergüenza que me vean, aunque al principio era él quien tenía que frenarme a mí).

Sentí que las piernas se me paralizaban, y me daba un pánico inmenso que papá me viera, y, al mismo tiempo, me sorprendía de ese pánico. Porque es él quien debería haber sentido pánico de que yo lo viera, y no al revés. Pero es como esa sensación que tienes cuando alguien mete la pata, y tú sientes vergüenza y no te atreves a mirarlo. Es lo que dijo la profe de ciencias cuando yo hacía primero, que pilló a un compañero un poco raro que se llamaba Menéndez con una chuleta en el examen. Se la quitó y dijo que le tendría que poner un cero, y añadió, mirándonos a todos: «Me siento más violenta yo, en una ocasión como ésta, que todos vosotros». Entonces no acabé de entenderlo, pero era exactamente lo que yo sentía en esos momentos. Vergüenza y miedo de que papá me viera. Mejor dicho, de que viera que yo lo veía. Y, aun así, me quedé clavada en el suelo. Y con los sentimientos tan confusos, que no sabía qué pensar ni cómo reaccionar.

Desde entonces estoy hecha un lío, y, por más que lo pienso, no sé qué creer ni qué valor darle.

Porque, por un lado, me he cansado de pensar –y de repetir– que mi vida es mía y que mis padres no tienen por qué meterse. Por tanto, tendría que tener claro que su vida es de ellos y que yo, no sólo no tengo derecho a meterme, sino que ni siquiera debería tener derecho a juzgarlos –en lo que no me afecta, claro–. Y, entonces, ¿por qué me siento tan mal?

Además, siempre he considerado que el amor debería ser libre. Es decir, que un hombre y una mujer no tienen necesariamente que serse fieles porque los obligue un contrato, sino porque se quieren. Recuerdo una discusión en clase de ética, el año pasado, en la que defendí estas ideas. Y, mientras los compañeros decían que si una pareja no se quiere, más vale que se separe, yo dije que tal vez se encuentren a gusto viviendo juntos, compartiendo la misma casa, pero que el corazón es libre. Que, igual que los padres quieren a más de un hijo, una persona es capaz de querer, en el sentido erótico de la palabra, a más de una persona. Y que sólo la costumbre, las leyes y las religiones nos hacen ser monógamos, y que todo el mundo tiene un exceso de sentimiento de culpa debido a estas historias. Lo recuerdo muy bien, porque me salió bordado. ¡Y aún pienso lo mismo! Por tanto, ¿por qué me dolía ver a papá con aquella tía? ¿Por que me sentía traicionada? ¿Por atavismo? ¿O porque pensamos que el sexo de los padres es diferente al nuestro y, por una necesidad más profunda que nuestra inteligencia y nuestra voluntad, lo consideramos ligado a la familia?

¿Tengo algún derecho, no ya a condenar a mi padre, sino ni tan siquiera a juzgarlo?

Todos estos razonamientos me llevan a una misma respuesta, a una misma conclusión: «Raquel, su vida es de él. Tu padre no te pertenece». Pero me sentía estafada, sucia, como si me hubiesen utilizado. No, no somos libres; las tradiciones, los atavismos, pesan en nosotros y deciden por nosotros. Yo veía aquello como algo sucio, aunque, por razonamiento, no tenía derecho a considerarlo ni limpio ni sucio.

En casa he estado observando a mamá. ¡Qué vida más monótona la suya! Todo su universo es la casa, la familia, su marido, el dinero, intentar figurar con las amigas... Pero ¿no es una persona, como lo soy yo, con sentimientos e ilusiones? ¿Cómo puede vivir así, encadenada? ¿Y qué esconde en su interior que, como me ocurre a mí, no puede confesar a nadie?

¿Sabe ella que papá le engaña? ¿Lo sospecha? ¿Papá la hace feliz en la cama? ¿Se siente vieja y rechazada? ¿Está resignada? Ella y yo nunca hemos hablado. Nunca en la vida. Somos dos extrañas. Yo me quejo de que nadie me escucha, pero ¿la he escuchado yo alguna vez a ella?

Ya lo creo que estoy hecha un lío. Y siento una profunda tristeza por dentro. Lo siento, pero no lo puedo evitar: papá me da asco; y mamá, pena.

21 DE ABRIL

Me he encontrado por la calle a la madre de Montse. Está muy cambiada. Para empezar, me ha parecido que estaba preñada, y ella misma me lo ha confirmado, y lo decía sonriente, luminosa... Yo no sabía qué decir ni qué hacer, y ella decía que haberse quedado embarazada ha sido como resucitar. Ya sé que es más joven que mamá, pero su embarazo me ha parecido... no sé cómo decirlo...

impúdico. Por lo visto, no tengo remedio y me paso la vida juzgando a los demás. Quería escaparme. Huir de su alegría, de aquel embarazo que, vete a saber por qué, me resultaba insultante... ¡Me era todo tan ajeno! ¡Tan lejano!... Y va y dice que ya sabe que será una niña y que –como si fuera una buena noticia– le pondrá Montserrat; y sonreía complacida, como si fuese una idea sensacional. Me he sentido enferma. ¿Qué es lo que quiere? ¿Reemplazar a Montse? Yo no creo en la vida después de la muerte, pero estoy convencida de que, de alguna manera, seguimos viviendo en el recuerdo de los que nos han querido. Y aquella mujer quería, sencillamente, reemplazar a Montse por una nueva vida. ¡Ah, no, señora, no la reemplazará! ¡Eso no es tan fácil! Montse era algo más que la hija de esta mujer. Era ella. Ella misma. Los padres aman nuestra filiación, no nuestra persona. Aquella alegría, una alegría zoológica, en la cara de la madre de Montse me ha hecho sufrir. Me siento enferma. Como si Montse hubiese vuelto a morir. Como si aquel embarazo la hubiese vuelto a enterrar.

24 DE ABRIL

Me parecían lloros. O suspiros. Venían de la habitación de mis padres, y a mí siempre me ha costado entrar en ella, por si estaban en algún momento íntimo. Pero yo sabía que papá no estaba en casa y que José Luis estaba en el colegio. Así que he entreabierto la puerta. Estaba mamá sola. Sentada en la cama, llorando. Se la veía vieja y marchita. Y parecía una persona derrotada. Me ha visto, pero no ha hecho nada para ocultar sus lágrimas. Para mí resultaba violento, porque era como si los papeles se hubiesen invertido: yo, la adulta; ella, la niña. Y ha empezado a hablar, con rabia. Decía que papá la engañaba. Que al principio creía que eran imaginaciones suyas, pero que él se lo había confesado.

Me he dado cuenta de que aquella mujer, que es mi madre, necesitaba desesperadamente hablar con alguien. Que si no se desahogaba, se volvería loca. Y me he puesto a escucharla, con paciencia. Con compasión. El mío era un papel difícil, porque yo ya lo sabía y no sé disimular. Y porque las cosas que me decía de papá no son cosas para decírselas a una hija. Debía de estar enloquecida de dolor y de rabia.

Ella y yo nunca habíamos hablado, nunca nos habíamos comunicado. Y ahora me encontraba con que se apoyaba en mí para poderlo soportar. Me daba mucha lástima y una pena terrible.

Ha dedicado una retahíla de insultos a papá y ha dicho mil veces eso tan manido de «Y yo que le he dedicado los mejores años de mi vida». ¡Dios mío, cómo odio los tópicos! Como el otro día, que Oriol dijo que el hombre posee a la mujer, refiriéndose a hacer el amor. Yo le dije: «¿Poseer? ¿Qué posee el hombre cuando hace el amor con una mujer? ¿Qué significa poseer?». Y él replicó que una mujer, cuando hace el amor, se entrega completamente al hombre, por eso se dice que el hombre la posee. ¡Imbéciles! ¿Qué creéis que poseéis? Nada de nada. ¿Una entrega? No estoy de acuerdo: el amor no es darse, ni la mujer al hombre ni el hombre a la mujer. Amar es compartir. Sin perder la propia personalidad. Es tener una vida en común y verlo todo con tus ojos y con los ojos de la persona querida. Pero no es negarse, no es entregarse. Ninguna mujer es poseída; ningún hombre puede poseer a una mujer. Ni siquiera un violador puede hacerlo. Y ahora, mi madre me hacía recordar esta discusión diciendo eso de «le he dado los mejores años de mi vida». ¿Cómo que le ha dado? Nadie da años. Sólo son tuyos. Si acaso, los malgastas si te dedicas a una sola persona, y luego esta persona te abandona –o muere–, y te quedas con las manos vacías, con el corazón vacío. Mamá ha cometido –y ha predicado– un error inmenso: vivir en función de otra persona. Cuando esa otra persona te falla, todo tu universo se hunde. Pero es ella quien se ha equivocado. Ella lo escogió. Puedo culpar a papá de ser deshonesto, de ser desleal, de engañar. Pero no de haberse adueñado de unos años que son intransferibles y que le pertenecían a ella, a mamá.

Pero, claro, de todo esto no le he dicho ni palabra. Necesitaba imperiosamente hablar, y yo la he escuchado. ¡Me daba tanta pena! ¡La veía tan humillada, tan acabada!... Sé que ella se lo ha buscado, pero es terrible darse cuenta de que hay personas que han elegido ser víctimas. Ha partido de la idea de que, como mujer, ha nacido para servir a un hombre. Éste es el verdadero drama, no que él la engañe.

Y me ha dicho algo que me ha hecho tambalear: que van a divorciarse. He sentido una especie de escalofrío en la espalda, un vacío en el estómago, como si también mi universo personal se derrumbara, como si me cogiera vértigo al poner los pies sobre una plataforma giratoria o al entrar en un país desconocido y misterioso. Como si toda la vida hubiese estado apoyada en un respaldo, y me lo retirasen bruscamente. Ha dicho que el divorcio se lo ha propuesto él mismo. «Quiere vivir con su fulana...» ¿Su fulana? No, no lo es. Yo la vi, y me pareció una mujer corriente, normal, que, vete a saber por qué, se ha enamorado de papá, y él, de ella. Pero hay una víctima: mamá. No sé, tal vez papá no ha podido evitarlo, tal vez no es tan culpable como parece, pero ¿se puede ser feliz sobre la desgracia ajena?

Dice que hablarán con un abogado y que, teniendo nosotros la edad que tenemos, podemos decidir con quién queremos vivir. Y entonces se ha puesto a llorar más fuerte, como si se desesperara de dolor, y ha dicho que no puede soportar la idea de pensar que uno de nosotros, o los dos, escojamos a papá. ¿Tanto nos quiere? ¡Pobre mamá! Mi primer pensamiento ante el naufragio de mi familia ha sido: «Ahora seré libre. Sin traumas ni complicaciones. Me buscaré un piso barato y algunas chicas con qué compartirlo, y trabajaré y estudiaré». Pero cuando ella ha dicho que no puede soportar la idea de perdernos, me he sentido solidaria con ella, me ha parecido que la comprendía. Me he sentado en la cama, a su lado, y la he abrazado. Le hacía bien que yo la acariciara. No podía decir nada, y menos aún que yo ya sabía lo de papá. Por eso permanecía en silencio, y eso le debe haber parecido raro, porque me ha dicho: «¡Eres una chica tan extraña, Raquel! ¿Ves? Si a mis padres les llega a pasar esto, yo me habría hundido. Y tú, ni te has inmutado». Por eso he tenido que hablar. Le he dicho que estoy segura de que rehará su vida, que más vale vivir sin papá que vivir con él sabiendo que no la quiere –metedura de pata: esto ha hecho que se echase a llorar otra vez–. Que aún es joven. Que puede hacer muchísimas cosas. Y ella me ha replicado, como una persona derrotada: «¿Yo? Yo no sirvo para nada. He dedicado toda la vida a esta familia. Y ahora, un puntapié y a la calle. Esto ni en una fábrica lo harían».

Le he asegurado que yo no la dejaré, que ahora lo ve todo negro, pero que hará amigas, nuevas amigas, que encontrará otros sentidos a la vida. Y me ha dado mucha rabia que, en unos momentos de un dolor tan personal, piense también en las apariencias: «Nadie quiere a una divorciada. Ya verás como todo el mundo me vuelve la espalda», ha dicho.

Luego, en mi habitación, he pensado en todo lo que está pasando. Yo creo que me ha afectado. Muchísimo más de lo que sería capaz de confesar. Incluso tengo miedo y me siento insegura, como si el suelo que piso no fuera bastante firme y pudiera caer al vacío.

He reflexionado sobre mamá. Sí, lo tiene mal. Supongo que papá le pasará una pensión, pero será muy poca cosa. Ella... Si al menos nosotros fuéramos pequeños, se agarraría a los hijos, pero, así, ¿qué soporte moral o psicológico podemos darle? Sí: papá ha sido muy egoísta. ¿Se da él cuenta de que mamá no está en igualdad de condiciones para hacer lo propio? ¿Que dependía de él? ¿Que esto, en su caso, no es una separación, sino un abandono?

También he pensado que aquel desespero de mamá por si nosotros escogíamos a papá no procede del amor que nos pueda tener, sino de su orgullo herido. Si elegimos a papá, habrá fracasado doblemente. No: no es un sentimiento genuino. Pero, eso sí, es un sentimiento muy humano. Me esfuerzo por entenderla, y sí, la entiendo. Y me da pena. Muchísima pena.

29 DE ABRIL

En clase de lengua hemos hecho un ejercicio que me ha salido redondo. Y la profe me ha llamado y me ha dicho que mi trabajo es muy bueno. La profe de lengua es mallorquina y habla como si te pidiera perdón. Incluso cuando se enfada se queja de que nosotros pasamos de ella, pero es que ni te das cuenta de que está enfadada. Bueno, pues con ese hablar suyo un poco quejumbroso me ha dicho que es el mejor trabajo que ha corregido nunca. ¡Toma ya! Que le ha gustado tanto, que se lo ha enseñado a los compañeros de seminario, y que todo el mundo ha dicho lo mismo: que era muy bueno de forma y de contenido. A mí me hacía gracia oírla hablar así, como si le diera vergüenza decirme cosas tan agradables. Y ha dicho que está tan bien redactado, que ve clarísimo que sirvo para escribir. Que ha oído comentar que quiero hacer biológicas, pero que me lo piense bien, porque sería una lástima desaprovechar las dotes que tengo. Me he puesto a reír, para disimular mi turbación. Pero le he dicho que aquellas cosas no las escribo a gusto, sino porque me lo mandan. Que espontáneamente no me apetecería hacer nada de todo eso, y que, en cambio, la biología la haría aunque no fuera una obligación. Ella insistía, que me lo pensara bien... ¡Pobre tía! Ella cumplía con lo que creía que es su obligación como profesora, y para ella era motivo de orgullo haber descubierto a una alumna... Decía que una carrera de humanidades encajaría muy bien con mi temperamento, que podría ser escritora. Entonces le he dicho que para mí la literatura puede ser un placer, pero no un oficio; que leer es muy agradable, y que sí, que me resulta fácil escribir, pero que eso no lo enseñan en ninguna facultad. Y le he dicho algo de lo que en seguida me he arrepentido, porque, además, no lo pienso realmente: que la sociedad puede prescindir de los escritores, pero que los científicos son necesarios. Se ha puesto como triste, como mustia, porque era una bofetada a su propia carrera y a su propia función en la sociedad, y ha replicado que estoy equivocada, que hay sitio para todos y necesidad de todo, y que, visto así, los oficios más importantes son los de campesino y barrendero. Y sí lo son, ha añadido precipitadamente, aunque apenas les demos valor social, pero que hace falta de todo: zapateros y músicos, químicos y escritores, albañiles y maestros. Que menospreciar una actividad, la que sea, es algo vil... He reconocido que tiene razón, pero he insistido en que, gracias por sus halagos, pero quiero hacer biológicas. Incluso he estado a punto de confesarle que sí escribo por gusto, porque hago un diario, pero me ha parecido demasiado confidencial. Me ha preguntado si asistí al curso de orientación profesional que montaron para los COUS, y le he dicho que sí, y que precisamente fue a raíz de aquello que me decanté por biológicas. Y, como para consolarla, le he dicho también que no padezca, que me gusta leer y que, cuando pueda, practicaré la escritura.

Es muy agradable que te digan que sirves para algo. En el fondo, soy más vanidosa de lo que creía. Pero es que estas cosas estimulan.

No obstante, me miro las manos y pienso ¡qué milagro es un organismo vivo! ¡Y qué complejo es! ¡Tan intrincado y a la vez tan perfecto, tan estable! Ya lo creo que sí: haré biológicas.

2 DE MAYO

Las cosas han ido muy deprisa en casa. El proceso de divorcio de mis padres no tiene ninguna complicación, porque ambos están de acuerdo. Primero tienen que pasar un período de separación. El inconveniente es la pensión que papá le tiene que pagar a mamá, porque ella dice que es una miseria, y él, que es más de lo que puede pagar. Ya veremos qué opina el juez. Pero me alegro de que se hayan comportado los dos tan civilizadamente. Hay mala leche, eso sí, pero, dejando aparte el tema del dinero, parecen bastante amistosos.

Hemos tenido una reunión familiar de folletín. Pero no ha quedado más remedio. José Luis y yo tenemos que decir al juez con quién queremos vivir, y papá y mamá querían prepararnos –y prepararse– previamente. Así que, después de cenar, papá nos ha dicho que teníamos que hablar. A pesar de que disimulaba y fingía estar muy seguro de sí mismo, se le notaba un cierto sentimiento de culpa. Creo que, bajo la superficie, los dos estaban aterrorizados.

José Luis ha dicho que a él le daba igual. Y eso les ha dolido. Ahora nosotros somos la manzana de la discordia, y están dispuestos a declarar ante todo el mundo, y ante ellos mismos, cuánto y cómo les importamos. Bueno, son así, y no se puede hacer nada.

Mamá ha mencionado la cuestión económica y nos ha dicho sin tapujos que iremos muy justos, y papá ha añadido que, considerando lo que él gana, el juez no le impondrá una pensión mayor...

La novia de papá se llama Silvana y es fotógrafa. Pero no periodista: tiene un estudio de esos, donde la gente va a fotografiarse. Vive en un piso grande, con el estudio, y además se gana bien la vida. Se ve que tiene el don de sacar a la gente más joven y más guapa de lo que es, especialmente a las mujeres. Dice que prefiere emplear dos o tres carretes, si con ello consigue uno que satisfaga al cliente. Eso nos lo explicaba papá, y mamá se mordía los labios y tenía la mirada baja. Y lo decía para explicar que los ingresos de ella no contarán a la hora de establecer la pensión, y que además –ha añadido, como si fuera el hombre más generoso del mundo– «no pienso litigar con vuestra madre ni por el piso ni por los muebles ni por nada. Se lo dejo todo», y con la mano hacía un gesto circular, que abarcaba toda la casa. Era humillante: el amo siendo generoso con el criado y dándole una cama para dormir.

He visto a mamá muy abatida por tener que oír estas cosas, y le he cogido la mano, a la vista de todos, y he dicho que yo me quedo con mamá, sin ninguna duda. Papá ha fruncido el entrecejo, como si se sintiera ofendido y no se atreviera a decirlo, y mamá me ha dedicado una sonrisa de agradecimiento, empañada por las lágrimas.

¡Coño, ella es la víctima de esta situación! ¡Pues claro que me quedaré con ella! Adiós a mis sueños de independencia, pero no puedo dejarla sola. No, no tengo hígado para hacerlo. Sería demasiado fuerte abandonar a esta infeliz. José Luis que haga lo que le dé la gana.

13 DE MAYO

Ya vuelvo a ir de cabeza con los exámenes. Parece que los trimestres se junten, especialmente ahora, con eso de la Selectividad. Estoy la mar de tranquila, porque el curso me va muy bien. He dejado a Ignacio, el profe particular que compartía con Laia, porque ya puedo arreglármelas sola. Me lo sacaré todo. Seguro. Bueno, si curro como una loca.

16 DE MAYO

Lo del divorcio de mis padres va más rápido de lo que creía. Primero tienen que vivir separados, pero la sentencia ya es evidente. Papá tenía razón con la cuantía de la pensión: es exactamente la que el abogado había fijado, porque le deja el piso y todo lo que hay en casa a mamá. Claro, él ya tiene la casa de Silvana, porque, si no, creo que habría pleiteado contra mamá. Ella ahora está más calmada. Y resignada. Le ha hecho mucho bien saber que cuenta conmigo.

José Luis y yo hemos conocido a Silvana. La verdad es que es simpática y se la ve muy ilusionada con papá. Con nosotros ha estado muy legal, todo hay que decirlo. Y él no parece el mismo con ella, y se le nota que nosotros lo intimidamos un poco.

Silvana le ha dicho a José Luis que, si quiere quedarse con ellos –ella ya sabe que yo me quedo con mamá–, tendrá que cambiar radicalmente de vida. Que antes de nada tiene que ir a otro colegio, y ella ya había pensado en los jesuitas, que son bastante duros pero muy eficaces, porque, sin el hábito de estudio, no hará nada de provecho. Pero que todo eso es para poder dedicarse en el futuro al piano, que es su vocación. Él la miraba con sus ojos sesgados, y me ha dado la impresión de que sopesaba los pros y los contras. Hay que reconocer que ha sido delicada con él, porque no ha mencionado para nada el concurso. Silvana tiene una casa muy grande y decorada con mucho gusto –nos hemos conocido en su casa–, y le ha dicho que hay sitio de sobras para el piano. Y que lo apoyará para que sea un músico excelente, pero que tiene que acabar la EGB, y después, el Conservatorio; y que, si tampoco estudiara en el Conservatorio, tendría que hacer el BUP. Que se lo piense bien, y que, si acepta estas condiciones, no le faltará de nada. Pero que no consentirá de ningún modo, si tienen que hacerse cargo de él, que acabe como músico de fiesta mayor, que cobran una miseria por darle al callo toda la noche. Entonces él la ha mirado como extasiado y le ha hecho un montón de preguntas.

Luego nos hemos reunido nosotros cuatro en casa, y José Luis ha dicho que quiere quedarse con papá. Mamá lo veía venir y, aunque tenía ganas de llorar, lo ha encajado bastante bien. Sobre todo porque José Luis ha dicho que, con la pensión de papá, no alcanza para los tres. Pero después lo ha estropeado todo diciendo que con Silvana estará mejor. Yo le daba patadas por debajo de la mesa, para que se callara, pero o no se ha dado cuenta, o no me ha querido hacer caso. ¡Mira que llega a ser crío! Entonces papá se ha puesto radiante, como si hubiese conseguido una victoria, y ha dicho que mejor así, un hijo por cada lado. Y después, haciéndose el generoso, ha añadido: «Y por mamá no sufras, que podrás verla cuando quieras». Pero José Luis, que ni siquiera había considerado nada relacionado con mamá, ha puesto una cara de sorpresa tan evidente, que todos lo hemos notado, y mamá se ha levantado de un salto y se ha ido a llorar a su habitación. Todos la hemos oído. Ha sido muy violento. A mí me ha dado rabia que papá, como si fuera el hombre más comprensivo y más considerado del mundo, lo riñera, pero de una forma muy blanda, diciéndole que no tenía que herir a mamá, porque «la pobrecilla lo está pasando muy mal».

No lo he podido soportar y también me he ido a mi habitación. ¡Estoy harta de todo! ¡Muy harta! ¡Hasta las narices!

19 DE MAYO

Tengo un sobresaliente de lengua y otro de bio, y el examen de química de hoy me ha ido estupendo.

En cambio, en el de inglés, que últimamente lo llevaba tan bien, no sé qué me ha pasado, que no acertaba ni una. Delante tenía a Carola y, cobarde de mí, le he pedido ayuda. ¡Ostras! Me ha puesto su examen encima del mío. Y me lo he copiado todo. Si llegan a pillarme, me muero de vergüenza. He estado de suerte, porque la profe vigila mucho a Carola. Francamente: no tengo remordimientos. Sacarse un examen en esta situación lo justifica todo.

Le he explicado a Oriol todo lo que pasa en casa. A estas alturas lo sabe ya mucha gente, y a mí me sabía mal seguir ocultándoselo.

Hemos ido a su casa, porque hoy venían Ana y Pati, y yo tenía ganas de verlas, y se lo he explicado a todos. Se han portado muy bien conmigo. Especialmente la madre de Oriol, que ha dicho que un divorcio siempre será mejor ahora que cuando éramos pequeños. Y que las cosas deben solventarse poniendo todas las cartas sobre la mesa. Lo decía para restarle importancia a la cosa, como quien dice de una enfermedad que eso no es nada, pero a mí me ha ido muy bien que me lo dijera. Y ha aplaudido que yo haya decidido quedarme con mamá: «Apóyala, Raquel, que ahora te necesita».

Pati está preciosa. A Ana, en cambio, la he visto desmejorada. Está demasiado gorda, pero aún le queda algo de aquella aureola de felicidad que tenía el día que nació la niña, y eso le da un encanto especial.

Oriana también sabe lo de mis padres. Me ha preguntado si me lo he pensado bien, lo de quedarme con mamá, y me ha aconsejado que no haga nada por compasión, porque luego me puedo arrepentir. Y me ha dicho algo en lo que yo no había pensado, o no quería pensar: «Iréis muy justas, Raquel. Tienes que ayudar. No tienes más remedio que ponerte a trabajar».

Así que me he puesto a hacer números y he visto que, en efecto, sólo el mantenimiento del piso, la luz, el agua y demás, se lleva la tercera parte de la pensión. Iremos demasiado ahogadas durante todo el mes. Sí: tengo que tomar una determinación. Pero ¡hostia, yo quiero estudiar!

No es justo lo que me han hecho. Yo los necesitaba aún. Al menos, económicamente. No nos pueden traer al mundo y, cuando se cansan de nosotros, decir: «¡Mira, hija, yo tengo que hacer mi vida...».

He llorado con un desconsuelo absoluto.

Después he telefoneado a Oriol y le he dicho que venga, que lo necesito. Ha venido volando, y yo le he hecho pasar a mi habitación, algo que antes no me hubiera atrevido a hacer. Ha sido muy afectuoso conmigo y me ha dicho que puedo contar con él para todo. Que siempre estará a mi lado. Y que, si yo quiero, nos ponemos a trabajar los dos. Y estudiamos a la vez. Es un tío muy majo. Más de lo que quiere aparentar.

Por la noche, José Luis me ha dicho que soy una imbécil, porque Silvana tiene mucha pasta, y que quién me manda a mí hacer quijotadas. «Bepo, la vida es algo más que el dinero.» Y él me ha replicado: «¿Sí? ¿Qué otra cosa hay?» «Si tú mismo no sabes las respuesta, no la sabrás nunca.» Y él ha hecho un gesto como si estuviese loca y se ha ido.

Mañana tengo un examen. Igual lo suspendo, con todo este follón.

No sé cómo me las arreglaré, pero no pienso dejar los estudios.

Ya lo pensaré mañana, porque ahora estoy demasiado cansada.

22 DE MAYO

José Luis y yo hemos ido al juzgado. No ha sido tan violento como yo esperaba. El juez nos ha hecho pasar de uno en uno, sin nuestros padres. Dentro sólo había una tía que escribía a máquina. Yo le he dicho que quería quedarme con mamá, y lo han anotado y me han hecho firmar, aunque no sea mayor de edad. Y luego ha pronunciado una especie de discurso y me ha hecho muchas preguntas sobre mis padres, que yo no quería contestar, porque me daba vergüenza. Al final me he atrevido a decirle que la pensión de mamá me parecía insuficiente. Él ha hecho un gesto de resignación y ha dicho que es la cantidad que han acordado los dos cónyuges. Como queriendo decir que, si mamá no ha presentado batalla, tiene que conformarse. Yo le he hecho notar que la pobre está como perdida, y eso le ha molestado, porque –ha dicho– ha tenido la ayuda legal que ella misma se ha buscado. He adivinado que no le tiene mucha simpatía al abogado de mamá, y que considera que éste ha tirado por la vía fácil.

Bueno, ya está.

Papá ya hace tiempo que vive con Silvana. Pero no es verdad que se lo haya dejado todo a mamá. Porque, aparte de sus objetos personales, se ha llevado el tocadiscos, los discos, el congelador y dos mesas. ¡Me da rabia que mamá no proteste! Sólo le ha dicho, tímidamente, que por qué se llevaba aquellas cosas, y él ha replicado que eran suyas... ¡Si precisamente la pensión es baja porque se lo dejaba todo! ¿En qué quedamos? Todo es todo. ¿Por qué el congelador es de él? Yo sí que me he opuesto, pero papá ha estado muy antipático y me ha dicho, en un tono muy seco: «Tú preocúpate de lo tuyo, que falta te va a hacer».

Nadie ha mencionado los días que papá tiene derecho a verme a mí, o yo a él. Eso sí, me he hecho el propósito de no aceptar ni un duro de él. Ni por Navidad, ni por mi cumpleaños ni por ningún motivo. A mí no me humilla, como ha hecho con mamá.

23 DE MAYO

¡Por fin he acabado los exámenes! Si apruebo el de mates, como no tendré que hacer recuperaciones, habré acabado el curso y me podré concentrar en la selectividad.

He perdido una lentilla. Me ha sabido muy mal, porque me he tenido que volver a poner gafas. Pero ahora no puedo permitirme ningún gasto extra. ¡Qué le vamos a hacer! De mi paga semanal, ya hace tiempo que no se dice ni pío. Estoy pelada, pero pienso ponerme a trabajar. Quiero estudiar y trabajar. No sé cómo, pero tengo que hacerlo.

La verdad es que tampoco tengo edad de ir pidiendo pagas. ¿No quería ser independiente?

He pensado que tal vez Oriana pueda ayudarme a encontrar trabajo. Lo malo es que yo no sé hacer nada de nada. ¡Caramba, sí que es importante el dinero!

28 DE MAYO

He tenido una conversación muy seria con Oriana. Es una tía majísima. ¡Coño, me parece que así, tan a fondo, no había hablado nunca con nadie! Le he dicho lo de buscar trabajo, y en seguida ha saltado: «Se lo diré a Dani». ¡Hostia, me ha dado la impresión de que es como un dios para ella! Como si pensara que Dani puede solucionarlo todo. Y es que soy una idiota, y siempre saco consecuencias a partir de juicios previos –prejuicios, ¿no?–, y por eso analizo mal la realidad. ¡Valiente científica voy a ser!

Porque Oriana, con mucha delicadeza, me ha hecho hablar de la situación de casa. A mí, que me cuesta tanto confiarme, no me gustaba hablar de ello y ahorraba palabras, pero poco a poco me he ido sincerando, y le he explicado no sólo todo lo que pasa, sino todo lo que pienso. Me ha dicho: «Las cosas no son fáciles de juzgar». Yo le he asegurado que tiene razón, y que siempre voy con cuidado a la hora de juzgar a los demás, pero ella ha replicado que yo, los libros, los capto a la primera, mejor que ella, pero que la vida real... Me ha hecho pensar mucho, porque me ha dicho que condenar a mi padre es muy fácil, y que ella misma lo ha hecho toda la vida con el suyo. Pero que tengo que pensar que tal vez estaba muy solo, que quizá no se entendía lo suficiente con mamá, y que un día, sin buscarlo, conoció a una mujer que lo comprendía y que le hacía caso, y que lo mismo podría haberle pasado a mamá. Que tal vez todo este asunto hace tiempo que dura, y él ha aguantado por consideración a mamá y a nosotros. «Piensa que sólo tiene una vida, como todo el mundo», ha dicho; y ha añadido que soy más cría de lo que pensaba. «En todas partes encontrarás parejas separadas, ¿y qué? ¿Prefieres una vida de ficciones, de comedias? ¿Tanto añoras la vida que llevabas cuando tus padres estaban juntos? ¿O es que la marcha de tu padre te obliga a apretarte el cinturón, y, en el fondo, eso es lo que no puedes perdonarle?» Me ha recordado que yo decía estas mismas cosas cuando ella me hablaba de la separación de sus padres, y ha hecho que me dé cuenta de que estoy predispuesta contra papá, de que, hiciera lo que hiciera, yo lo condenaría. «No justifico nada, Raquel, pero procuro vivir y dejar vivir. Las cosas de ellos dos sólo las saben ellos. Es su vida. Además, tú has tenido la oportunidad de elegir, y con una ventaja sobre tu hermano: que dentro de unos meses serás mayor de edad y podrás echarte atrás. Vive tu vida y deja que los demás vivan la suya.» Yo le he objetado que eso de vive y deja vivir, en el fondo, es la consigna del egoísmo, y ella ha dicho que por qué hay que creer que el egoísmo es malo. «Nos han educado para decir que el egoísmo es negativo, y, como todos seguimos siéndolo, nos pasamos la vida sintiéndonos culpables y simulando que no somos egoístas.» Yo le he querido hacer ver que la decisión de quedarme con mamá y de ponerme a trabajar no tiene nada de egoísta. «¿Que no? –ha dicho–. ¡No poco, Raquel! Tú lo que no quieres es sentirte culpable de sus lágrimas. Tú quieres estar limpia de responsabilidades. Si la has escogido a ella, ha sido por ti y contra tu padre. No digo que no esté bien, pero no eres Juana de Arco, guapa.» ¡Caramba, me escocía lo que me decía!, pero reconozco que, al menos en parte, tenía razón. Después me ha dicho que por qué no miro el lado bueno de las cosas: sin papá y trayendo dinero a casa, se acabó el control, «y no sabes lo cómodo que es llegar a casa y encontrarlo todo hecho. Yo, que he vivido sola, en pareja y con mi madre, te puedo asegurar que es la mejor combinación: hacer tu vida, tener tu propio dinero y que alguien te haga el trabajo de casa». ¡Aquí sí que se ha pasado! A mí eso me parece de un cinismo...

Me ha dicho una cosa más que también me ha hecho reflexionar: «No escogemos a la familia, ni a los vecinos, ni siquiera escogemos el amor. Lo único que escogemos de verdad son a los amigos, por eso la amistad es tan importante»; y que yo no tengo por qué tener amistad con mi padre o mi madre, pero que «un poco de tolerancia con los demás redunda en beneficio propio: los demás acaban siendo tolerantes contigo. Y, créeme, la tolerancia de la gente que te rodea es algo muy positivo».

Después hemos hablado de ella y de Dani. Dice que es un tío muy majo, que la hace sentirse feliz. Que reconoce que le hace un poco de padre, pero que «ya que ellos eso no lo pueden evitar, más vale que sea a partir de una estabilidad emocional». Creo que aludía a Oriol y a mí, y yo le he explicado que Oriol me gusta mucho como tío, pero, como persona, sólo regular. Entonces ha sonreído y ha dicho: «Vive y deja vivir, mujer. Sobre todo, vive». Es decir, si no lo he entendido mal, que esté con Oriol hasta que me canse...

¡Hostia, la vida es complicada de veras!

Dentro de unos días tengo la selectividad. Todo el mundo da por hecho que la pasaré. Pero no puedo bajar la guardia.

De hecho, con gafas tampoco estoy tan mal. Sobre todo ahora, que ya he encontrado «mi estilo», como dice Oriana.

4 DE JUNIO

He tenido una entrevista muy desagradable con Dani... perdón, el señor Riera, como me ha dicho en seguida que tenía que llamarle. ¡Ostras, yo que lo había tratado como a un igual, por ser el compañero de una amiga, no estaba preparada para tratarlo como a un superior! Él estaba de mal humor, y se notaba a la legua que no le hacía ninguna gracia que Oriana le hubiese pedido trabajo para mí en su empresa. Tiene una empresa inmobiliaria, pero se dedican sobre todo a apartamentos y torres de veraneo. Es una empresa bastante importante, e incluso tienen una sala de vídeo para los clientes, donde pueden ver las diferentes fincas que pueden comprar o alquilar, antes de ir a visitarlas. Dani –hostia, no: el señor Riera– ha despotricado contra las chicas y me ha dado un sermón muy humillante sobre el ahora trabajo, ahora me caso y tengo hijos. Que tanto hablar de igualdad, pero, claro, sólo piden excepciones y consideraciones. «Yo pago porque mi personal haga un trabajo. No soy una institución de caridad.» Yo estaba muda de terror. Nunca me habían hablado así, ni me habían humillado de ese modo, y estaba tan acojonada que, en lugar de rebelarme, lo escuchaba con las orejas gachas, como si yo fuese la culpable de todos los males de la tierra. Al final me ha dicho que tiene una chica en recepción –la que atiende a los clientes por teléfono y los recibe antes de pasar a su despacho– que acaba de tener un niño, y que se ve obligado a reservarle la plaza. Y que esta chica, que se llama Aurora, y a la que he compadecido desde lo más profundo de mi corazón, quiere hacer sólo media jornada cuando se reincorpore. Que me puede ofrecer partirme la jornada con ella, salvo este verano, mientras Aurora esté de baja, que haría jornada completa. Pero que a mí no me pondrá en nómina ni me dará de alta en la Seguridad Social, sino que todo iría a nombre de Aurora y que «si por algún motivo, sea el que sea, o porque alguien te calienta la cabeza, o por idiota, me pones algún día en un aprieto por esta situación, no sólo te irás a la calle, sino que ya me cuidaré yo personalmente de que no vuelvas a encontrar trabajo». ¡Ostras tú! También me ha dicho que en verano es cuando hay más trabajo, por el turismo, y que, si quiero la plaza, tengo que empezar el 1 de julio. Que cobraré medio salario, tanto ahora, a jornada completa, como después, cuando me la parta con Aurora. Y que, si dentro de un año ve que le convengo, ya veremos si me pone en nómina. Y que si los estudios interfieren un solo día –ha levantado el dedo índice para mostrar que se refería a uno solo– en mi trabajo, a la calle de cabeza.

A mí, la paga me ha parecido muy bien, porque no he trabajado nunca, pero cuando se lo he contado a mamá, ha dicho que es una miseria, pero que será una buena ayuda y que bienvenido sea ese dinero. «Vales mucho, Raquel», me ha dicho, y se la notaba emocionada.

Total, que ya tengo trabajo. Y un canguelo terrible. Me pregunto si podré hacer primero de biológicas –¡toca madera, Raquel, que antes tienes que aprobar la selectividad!– y trabajar al mismo tiempo. Si me veo muy apurada, puedo dejarme alguna asignatura para septiembre. Y tal vez Aurora y yo podamos hacernos favores mutuamente. De momento, ya he hablado con ella por teléfono, y me ha dicho que, según el horario que tenga en la facultad, ella se adaptará a hacer mañana o tarde, aunque, de cara a las guarderías, preferiría mañanas. El señor Riera dijo que a él le daba lo mismo cómo nos repartiéramos el horario.

Estoy tan asustada que me he zampado una pizza y una bolsa enorme de palomitas. Este desbarajuste calórico me ha hecho un bien inmenso.

¡Ah! Oriol también me ha dicho que valgo mucho.

Si es que soy una tía cojonuda. Cojonuda y aterrorizada, todo hay que decirlo.

9 DE JUNIO

En el instituto, los que hemos aprobado todo el curso hemos seguido dando clase. Oriana sólo ha aprobado dos asignaturas, pero no se ha inmutado, porque ya se lo esperaba. Además, quiere dejar de estudiar. Le he dicho que me hace gracia, tanto como sabe de la vida, y se deja atar de pies y manos por un hombre. Porque, si no trabaja, dependerá para todo de él. «Creo que las mujeres nos pasamos la vida, las unas intentando supeditarnos a un hombre, y las otras luchando porque no nos supediten a nadie, pero ninguna de nosotras vive con normalidad», le he dicho, y las dos nos hemos echado a reír.

Llompart se me ha acercado en el pasillo y me ha preguntado que qué me pasa, que se me ve triste y apagada. Y ha añadido que si me puede ayudar en algo... Oriana tiene razón: es buen tío, pero su propia timidez le hace aparentar una impertinencia que no tiene. Pues va Oriol, se nos acerca y le monta un escándalo por estar «intentando ligarte a Raquel», ha dicho. Yo, por discreción, me he ido, pero después le he dado un buen responso. ¿Es que cree que soy propiedad suya, o qué? ¡Hombres!

En casa, mamá me ha conmovido hasta hacerme saltar las lágrimas. Con una actitud muy humilde, ha servido, para comer, carne con peras, que me gusta con delirio, sin ser domingo ni ninguna fiesta, y me ha dicho, con un servilismo canino, que procurará hacer todos los platos que a mí me gusten. Me he dado un hartón de llorar en mi habitación. ¡Caramba! Detesto que me manden, que me controlen, estar supeditada a los demás; pero no puedo soportar que otras personas estén supeditadas a mí...

29 DE JUNIO

He sacado 6,80 en selectividad, y ya estoy matriculada de primero de bio. La matrícula me ha costado un riñón. En la facultad tendré horario de mañana, y mañana empiezo a trabajar con horario de tarde.

He visto a papá en casa de Silvana. Se emocionó de que lo fuera a ver, y hasta José Luis se puso muy contento. Me invitaron a pasar el verano con ellos, en Sant Pol, pero les dije que ahora trabajo, y se quedaron pasmados. Papá, entonces, quiso darme dinero –«para la matrícula, Raquel, y como premio por el curso»–, y yo no quería aceptarlo. Pero Silvana me convenció: «Hazlo por él, Raquel –me dijo al oído–. Le harás feliz». Y, mira, me encontré con el dinero en el bolso y la sensación de haber crecido. De haber dejado atrás, definitivamente, la infancia.

Pero el mundo de los adultos no me gusta. Es un mundo que he criticado hasta la exasperación. Pero lo hacía con total impunidad, porque era el mundo que se me imponía. Pero ahora formo parte de él. Ahora, si las cosas no me gustan, soy yo misma quien debe intentar cambiarlas. Y eso es una responsabilidad que no sé si sabré asumir. Se me ha acabado la infancia, estar envuelta en algodones. De repente. Ahora soy responsable de mí misma, e incluso de mamá. Supongo que me pegaré muchas hostias.

¡Además, menudo faenón se me prepara! Este diario, por ejemplo, mucho me temo que tendré que dejarlo. Total, ¿de qué me sirve?